Edith Schreiber-Wicke

Bens Geheimnis

Mit Illustrationen
von Carola Holland

Thienemann

ALS BEN AUFWACHTE, war es hell im Zimmer.

Aber es war nicht die Helligkeit des Tages. Er war anders hell, ganz anders als sonst.

Ben kletterte aus dem Bett und schob den dünnen Vorhang zur Seite. Da sah er, warum es hell im Zimmer war. Am nachtschwarzen Himmel stand so etwas wie ein platt gedrückter Mond und schien in sein Zimmer.

Ben hörte eine Stimme. Aber er hörte sie nicht mit den Ohren. Er hatte das Gefühl mit dem ganzen Körper zu hören. Auch mit den Zehen. Und mit dem Bauch. Sogar mit den Fingerspitzen konnte er die Stimme fühlen.

»Hab keine Angst«, tönte die Stimme.

Ich hab keine Angst, dachte Ben verwundert. Warum soll ich vor einem platt gedrückten Mond Angst haben?

Wieder war die Stimme zu spüren. »Wir haben etwas mitgebracht. Wirst du es haben wollen?«

»Ein Geschenk?«, fragte Ben. Es klang eher misstrauisch. Seine Eltern hatten ihm verboten Geschenke von Fremden anzunehmen.

Und das da vor dem Fenster war entschieden etwas ziemlich Fremdes.

»Man könnte es ein Geschenk nennen«, antwortete die Stimme. »Wenn du es richtig verwendest, wirst du es gut brauchen können.«

Mal sehen, dachte Ben. Kommt drauf an, was es ist.

Aus dem leuchtenden Ding löste sich ein bläulicher Lichtstrahl und zeigte auf Ben. Genauer gesagt: mitten auf Bens Stirn. Er fühlte an dieser Stelle eine angenehme Wärme. Im nächsten Augenblick zog sich der Strahl wieder zurück. Ben griff sich an die Stirn. Die Wärme war noch immer deutlich zu spüren.

Mit einem hohen Summton änderte das Leuchtding seine Farbe von hellgelb zu rotorange. Es drehte sich und wurde zu einem Lichtwirbel. Noch ganz kurz war es für Ben

als helles Oval in türkisfarbigem Licht am dunklen Nachthimmel zu sehen. Es wurde rasch kleiner und war im nächsten Augenblick nur mehr ein Stern unter vielen. Ben stand noch eine Weile am Fenster. Er wartete auf das Geschenk, das sie ihm versprochen hatten. Aber nichts geschah. Er öffnete das Fenster, um zu sehen, ob vielleicht irgendetwas auf dem Fensterbrett lag. Da war auch nichts. Ziemlich verwundert und ein wenig enttäuscht ging Ben wieder ins Bett und schlief sofort ein.

Als Ben das nächste Mal aufwachte, war es hell im Zimmer. Diesmal war es die Helligkeit des Tages. Sofort erinnerte sich Ben an die nächtliche Erscheinung. Und an die Stimme. Er schaute zum Fenster hinaus. Der Innenhof des großen Wohnhauses war unverändert. Ein kahles betoniertes Viereck. Mit hässlichen Containern für Altpapier und Restmüll in einer Ecke. Neben den Containern lehnte ein dreibeiniger Stuhl mit kaputtem Sitzgeflecht an der Wand. Der sah auch nicht gerade aus wie ein Geschenk, das man gut brauchen konnte.

Beim Frühstück saß Bens Vater hinter der Zeitung. Bens Mutter warf zornige Blicke auf die Zeitung. Ben kannte das schon. So war es jeden Morgen. Ben wartete seit Jahren darauf, dass seine Mutter einmal ein Marmeladenglas gegen die Zeitung werfen würde. Oder die Zuckerdose. Oder wenigstens das weiche Ei. Aber Bens Mutter warf außer zornigen Blicken nie etwas.

»Habt ihr es auch gesehen, heute Nacht?«, fragte Ben.

»Was denn?«, erkundigte sich Bens Mutter. Bens Vater schien ihn nicht gehört zu haben.

»Das UFO«, sagte Ben. »Ich glaub, so was nennt man UFO. Oder Raumschiff. Ein platt gedrückter Mond direkt vor dem Fenster. Mit Lichtern. Und einer Stimme.«

»Ich sag ja immer: Das Kind sieht zu viel fern«, brummte Bens Vater hinter seiner Zeitung.

»Es ist nicht das Fernsehen, es ist seine Phantasie«, widersprach Bens Mutter.

»Nein«, sagte Ben. »Es war da und hat mir einen Lichtstrahl geschickt.« Er griff sich an die Stirn, wo ihn der Lichtstrahl berührt hatte.

»Und dann sind auf dem Lichtstrahl kleine grüne Männchen in dein Zimmer geklettert«, sagte Bens Vater. Er blätterte mit lautem Rascheln die Zeitungsseiten um.

»Nein«, sagte Ben. »Keine kleinen grünen Männchen. Nur ein Lichtstrahl. Und der hat mich genau da getroffen.« Ben zeigte an seine Stirn. Was aber niemand sah. Weil sein Vater noch immer in die Zeitung schaute. Und seine Mutter zornig auf ihre Kaffeetasse starrte.

»Ich kann dir sagen, was es war.« Jetzt ließ Bens Vater sogar für einen Augenblick die Zeitung sinken. »Es war das Licht im Treppenhaus. Es scheint direkt in dein Zimmer, wenn jemand nachts Licht macht.«

Ich bin doch nicht blöd, dachte Ben. Laut sagte er: »Nein. Es war nicht das Licht im Treppenhaus. Das Ding war direkt vor meinem Fenster und hat mit mir geredet.«

»Iss deinen Toast«, sagte Bens Mutter. »Du hast ganz einfach geträumt. Können wir uns darauf einigen?«

»Nein«, sagte Ben. »Können wir nicht. Es war kein Traum. Es war da.«

In der Schule überlegte Ben, ob er jemandem von dem nächtlichen Erlebnis erzählen könnte. Er schaute sich um. Es gab ein paar in der Klasse, die er gern mochte.

Aber Jakob schrieb noch schnell eine Hausaufgabe ab.

Piet warf bunte Spinnen aus Glibbermasse an die Tafel.

Tobias hielt sich beide Ohren zu und las in seinem Comicheft.

Armin war völlig in sein Gameboyspiel vertieft. »Piep«, machte es. »Piep-piep-piep.«

Lisa hörte Axel zu, der eifrig auf sie einredete.

Nur Theo schaute gelangweilt und hatte sichtlich nichts zu tun. Aber ihm wollte Ben nichts erzählen.

Ben wunderte sich, wie allein man sich fühlen konnte. Mitten in dem Tumult rundherum. Mit zweiundzwanzig anderen.

Jemand tippte ihm auf die Schulter.

Ben schaute auf.

Neben ihm stand Oliver und kaute nervös an der Unterlippe. Oliver war immer nervös. Er hatte ständig Angst etwas nicht zu können. Und weil er Angst hatte, konnte er bei Prüfungen tatsächlich vieles nicht, was er eigentlich konnte.

»Die Rechnung da«, sagte Oliver zu Ben. »Ich weiß nicht, wie's weitergeht. Dabei hab ich's schon gewusst. Aber es ist wieder weg.«

Ben nahm das Heft und betrachtete kurz die hingekritzelten Zahlen. Er verbesserte einen Fehler und rechnete die Aufgabe zu Ende. Dabei bemühte er sich, genauso krakelig zu schreiben wie Oliver. Der Lehrer sollte schließlich nicht merken, dass ein anderer die Aufgabe geschrieben hatte.

»Wenn ich nur nicht drankomm heute«, murmelte Oliver.

»Aber du hast alles richtig gehabt. Bis auf einen kleinen Rechenfehler«, sagte Ben. »Das heißt, du kannst es bestimmt, wenn du drankommst.«

Oliver schüttelte den Kopf. »Nichts zu machen. Wenn ich an der Tafel steh, dann ist mein Kopf leer. Total empty. Nicht eine Rechenformel mehr drin.« Er seufzte. »Danke jedenfalls.« Oliver nahm das Heft und ging zu seinem Platz zurück.

Genau mit dem Läuten kam der Lehrer in die Klasse.

Piet sammelte noch schnell zwei Glibberspinnen ein.

Tobias schob sein Comicheft unter das Rechenbuch.

Armin hatte das Läuten und das Hereinkommen des Lehrers überhört. »Piep-piep-piep« machte das Gameboyspiel sehr laut in der plötzlich einsetzenden Stille.

»Bei dir piept's wohl«, sagte der Lehrer. Armin schaute erschrocken auf. Mit ein paar schnellen Schritten war der Lehrer bei ihm, nahm ihm das Spielzeug weg und steckte es ein. Armin murrte. Aber nicht sehr laut.

»Jetzt zur Hausaufgabe.« Der Lehrer blätterte in dem kleinen roten Buch mit den Prüfungsnoten. »Wer rechnet uns das erste Beispiel an der Tafel vor?« Sein Blick ging suchend die Bankreihen entlang. Ben bemerkte, dass Oliver sich duckte. Das bewirkte prompt, dass der Blick des Lehrers an Oliver hängen blieb.

»Oliver!«, sagte der Lehrer. Er schrieb die Aufgabe mit quietschender Kreide an die Tafel.

Langsam stand Oliver auf und ging nach vorne. Er schaute zu den Zahlen auf, die da

standen. Er blinzelte nervös und kaute an seiner Unterlippe.

Ben redete in Gedanken mit Oliver. Komm schon, diesmal kannst du's, dachte er eindringlich. Nichts und niemand kann dich aus der Ruhe bringen. Du rechnest jetzt einfach dieses Beispiel und damit hat sich's. Ben strich sich über die Stirn, die sich oberhalb der Nase plötzlich seltsam heiß anfühlte.

Oliver griff zögernd nach der Kreide.

Ben dachte die richtigen Zahlen.

Oliver hob den Arm und begann zu schreiben. Er schrieb genau die Zahlen, die Ben gedacht hatte.

Ja, ja, weiter so, dachte Ben eifrig. Und rechnete leise für sich das Beispiel zu Ende. Das Ergebnis unterstrich er in Gedanken drei Mal. Mit wachsender Sicherheit rechnete Oliver das Beispiel fertig. Dann unterstrich er das Ergebnis drei Mal.

»Na bitte, geht ja«, sagte der Lehrer. »Ist ja wirklich nichts dabei.« Er schrieb eine Note in sein kleines rotes Buch.

Oliver ging zu seinem Platz zurück. Dabei

schaute er Ben verwirrt an. Im Lauf der Stunde drehte er sich noch einige Male nach Ben um. Immer mit demselben erstaunten Blick. Aber ohne etwas zu sagen.

Hat er mich hören können?, dachte Ben. Ist es das, worüber sich Oliver wundert?

Nach der Stunde kam Oliver zu Ben. »Wartest du nach der Schule auf mich? Ich muss dir was Komisches erzählen.«

Ben war gespannt. Obwohl er eigentlich ziemlich sicher war, dass er wusste, was Oliver ihm erzählen würde.

»Du warst das, oder?«, sagte Oliver sofort, als Ben nach der Schule auf ihn zuging. »Wie hast du das gemacht?«

»Was?«, fragte Ben vorsichtshalber.

»Na, das mit der Rechnung«, sagte Oliver ungeduldig. »Ich hab ganz deutlich deine Stimme gehört. Die ganze Zeit. Und hab einfach an die Tafel geschrieben, was du gesagt hast. Aber gesagt hast du ja nichts. In Wirklichkeit, mein ich. Sonst hätten es ja auch die anderen gehört. Aber es hat sonst keiner gehört.«

Eigentlich war Ben genauso verwirrt wie Oliver. »Ich hab's gedacht«, sagte er unsicher. »Die ganze Rechnung hab ich dir vorgedacht. Du musst irgendwie meine Gedanken gehört haben.«

»Mann!«, sagte Oliver. »Mannomann! Wenn das immer funktioniert!«

»Wir können's ja probieren«, schlug Ben vor.

»Du meinst, jetzt gleich?«, fragte Oliver.

»Warum nicht?«, sagte Ben. »Ich denk eine Zahl und du passt auf, ob du was hörst.«

»Okay«, nickte Oliver.

Ben konzentrierte sich. Siebzehn, dachte er.

Oliver zeigte keine Reaktion. »Ich hör gar nichts«, sagte er. »Du musst lauter denken.«

Siiiiiebzehn, dachte Ben angestrengt.

»Nichts«, sagte Oliver. »Da ist gar nichts zu hören oder zu spüren. Ob wir uns das alles nur eingebildet haben?«

»Keine Ahnung«, sagte Ben. »Wir probieren's einfach wieder, wenn du was nicht weißt.«

»Darauf müssen wir bestimmt nicht lange

warten«, sagte Oliver. »Sobald ich drankomm, ist alles weg, was ich vorher gewusst hab. Kannst du's beim nächsten Mal wieder versuchen?«

»Klar, mach ich«, versprach Ben.

ALS BEN ZU HAUSE ANKAM, ging er nicht wie sonst gleich die Treppe hinauf. Er machte die Tür zum Innenhof auf. Da standen die Mülleimer und die Behälter für Altpapier. Daneben lehnte der dreibeinige Stuhl. Wo bitte war das Geschenk, von dem die nächtliche Stimme gesprochen hatte! Ben schaute sich sorgfältig um. Nichts in dem grauen Hof deutete auf den Besuch von Außerirdischen hin. Keine Kreise auf dem Betonboden. Keine Spuren einer Landung. Und nichts sah danach aus, als wäre es ein Geschenk.

Über der Teppichklopfstange hing ein ziemlich verschlissener Teppich. Ben hielt kurz den Atem an. Ein Teppich! Natürlich! Das war's! Ben versuchte sich an Geschichten aus 1001 Nacht zu erinnern. Da waren Teppiche ausgesprochen gängige Fortbewegungsmittel. Jeder bessere Kalif oder Großwesir reiste per Perser.

Ob das hier auch einer von der fliegenden Sorte war?

Ben betrachtete ihn näher. Besonders schön war er ja nicht. Was aber natürlich nichts über seine Flugtauglichkeit aussagte.

»Was suchst du denn da?«, fragte eine misstrauische Stimme. Es war die Hausmeisterin. Sie stand mit einem Besen bewaffnet vor ihrer Wohnungstür, die ebenerdig zum Hof ging.

»War der Teppich gestern auch schon da?«, fragte Ben.

»Nein«, sagte die Hausmeisterin. »Gestern war er noch nicht da.«

Aha, dachte Ben. Da haben wir's. Es könnte also tatsächlich sein …

»Gestern war er nämlich noch in meinem Wohnzimmer«, fuhr die Hausmeisterin fort. »Ich hab ihn heute Vormittag zum Klopfen herausgebracht. Warum interessiert dich das?«

»Nur so«, sagte Ben. »Ich hab gedacht … es … es ist vielleicht unserer.«

Die Ausrede war nicht gerade genial. Vor

allem, weil in Bens Wohnung nicht ein einziger Teppich lag. Aber ihm war nichts anderes eingefallen.

Nachdenklich stieg er die vier Stockwerke zu ihrer Wohnung hinauf. Wär sowieso zu auffällig gewesen, so ein fliegender Teppich, überlegte er. Und er stellte sich vor, wie er mit dem Ding vor der Schule landete. Das erregte bestimmt noch mehr Aufsehen als das riesige schwarze Auto, mit dem Lisa manchmal abgeholt wurde. Dann stieg immer ein ernst blickender Chauffeur in Uniform aus und öffnete die Autotür für Lisa. Mit einer Grimasse verschwand sie in dem Gefährt, in dem bestimmt zwanzig Lisas Platz gehabt hätten. Ben wusste, Lisa konnte es nicht leiden, auf diese Art aufzufallen. Sie fand, es war schon schlimm genug, dass ihre Eltern so viel mehr Geld hatten als alle anderen.

»Das Protzomobil ist grässlich«, sagte sie einmal zu Ben. Ben lächelte vor sich hin. Aber dafür war Lisa absolut ungrässlich. Sie war … Ben suchte nach einem Wort, aber es fiel ihm kein passendes ein.

Bens Mutter fragte wie jeden Tag: »Irgendwas Besonderes in der Schule, Benni?«

Ben schüttelte den Kopf.

Sie glaubten ihm ja nicht einmal, was er mit eigenen Augen gesehen hatte. Wozu sollte er da erzählen, was in der Rechenstunde passiert war. Er konnte sich genau vorstellen, wie seine Mutter reagieren würde. Erstens sollst du nicht vorsagen. Das verärgert die Lehrer. Und außerdem war das alles bestimmt nur Zufall.

Ben hielt nichts von Zufällen.

NACH DEM MITTAGESSEN SAGTE BEN zu seiner Mutter: »Ich geh in den Park.«

Er wollte allein sein und in Ruhe nachdenken.

»Hast du denn keine Aufgaben?«, fragte Bens Mutter.

»Doch«, sagte Ben. »Die mach ich später.«

Seine Mutter seufzte, aber sie sagte nichts weiter. Das ist der Vorteil von guten Noten, dachte Ben. Sie machen die lieben Eltern friedlich. Im Park ging Ben zuallererst zu seinem Lieblingsbaum. Es war ein Ginko. Ben hatte in seinem Naturkundebuch nachgeschlagen. Die Form der Blätter war absolut unverkennbar.

Seit Ben das wusste, hatte er das Gefühl den Baum noch ein Stück besser zu kennen.

»Tag Ginko«, sagte Ben wie immer und

strich über die glatte Rinde. Der Baum war bestimmt uralt, nach der Dicke des Stammes zu schließen. Ben ging weiter zum Teich. Ein Enterich putzte sein ohnehin makellos schönes Gefieder. Seine braun gesprenkelte Gefährtin überprüfte im Wasser treibende Krümel auf ihre Essbarkeit. Einige Enten dösten in der Wiese und ließen sich die Sonne auf die Federn scheinen.

Enten gehörten zu Bens Lieblingstieren. Neben Walen und Raben und Katzen und Bären und eigentlich allen anderen Tieren.

Ein paar Kinder standen da und riefen »quakquakquak«.

Die Enten reagierten nicht. Sie überhörten es einfach. Vornehm, wie es nun einmal ihre Art ist.

Ein Junge bückte sich und griff nach ein paar kleinen Steinen, die auf dem Weg lagen. Er hob die Hand und zielte auf eine der Enten.

Ben wollte etwas sagen, aber dann protestierte er doch nur in Gedanken.

Nein, nicht!, dachte er empört. Lass die Enten zufrieden!

Anders als Oliver schien dieser Junge Bens Gedanken nicht zu hören.

Unbeirrt holte er mit der Hand weit aus.

Zurück!, dachte Ben. Zurück an den Absender!

Was dann geschah, war sehr seltsam. Ganz langsam öffnete sich die Hand des Jungen. Wie in Zeitlupe sah Ben die Steine fliegen. Plötzlich aber blieben sie stehen und schienen unentschlossen in der Luft zu schweben.

Und dann machten sie doch tatsächlich kehrt.

Atemlos stand Ben da und glaubte fast nicht, was er sah. Es regnete eine Hand voll Kieselsteine auf den Jungen. Fassungslos schaute er nach oben und dann nach allen Seiten. Die anderen Kinder lachten. »Reife Leistung«, sagte jemand spöttisch.

Ben griff sich an die Stirn. Da war sie wieder, diese Wärme. Genau dort, wo ihn letzte Nacht der bläuliche Lichtstrahl getroffen hatte. Das Geschenk! War das etwa das Geschenk, von dem die Stimme gesprochen hatte? »Wenn du es richtig verwendest, wirst

du es gut brauchen können …« Oder war doch alles nur Einbildung? Das mit Oliver in der Rechenstunde und das mit den Steinen gerade eben … Bestimmt gab es auch irgendeine ganz normale Erklärung dafür.

Es war schon seltsam. Von allen Geschichten hatte Ben am liebsten die phantastischen. Und nie hatte er daran gezweifelt, dass es diese unglaublichen Dinge gab. Aber jetzt, wo er selbst mitten im Geschehen steckte, jetzt war er doch unsicher.

Konnte er Gedanken schicken, konnte er Steine lenken? Ben nahm einen Kieselstein vom Weg auf und warf ihn in die Luft. Dort hinüber!, befahl Ben in Gedanken. Flieg dort hinüber auf den Rasen!

Völlig unbeeindruckt fiel das Steinchen – plopp – auf den Weg zurück.

Jetzt bin ich so schlau wie vorher, dachte Ben. Eine Krähe neben ihm in der Wiese beäugte ihn mit schief gelegtem Kopf.

»Was meinst du?«, sagte Ben. »Bin ich ab jetzt Super-Ben oder nicht?«

»Klar!«, sagte die Krähe laut und deutlich.

Ich werd verrückt, dachte Ben. Sie hat »klar« gesagt! Oder doch nur »krah«, was die Krähen immer sagen?

Beim Frühstück am nächsten Morgen fragte Bens Vater: »Na – wieder kleine grüne Männchen gesehen?«

Er hält das wohl für witzig, dachte Ben verärgert.

Bens Vater runzelte die Stirn. »Hast du was gesagt?«

»Nein«, sagte Ben hastig. »Ich hab nichts gesagt. Gar nichts.« Ob er schon wieder hörbar gedacht hatte? Das war ja geradezu gefährlich! »Ich hab doch nie behauptet, dass da kleine grüne Männchen …«, begann Ben zu erklären. Er unterbrach sich, als er sah, dass sein Vater schon wieder hinter der Zeitung verschwunden war. Er beobachtete die väterliche Hand, die nach der Kaffeetasse suchte. Ben hatte plötzlich unbändige Lust die Tasse durch ein möglichst stachliges Exemplar aus der Kakteensammlung seiner Tante Lotte zu ersetzen.

»Woran denkst du?«, fragte Bens Mutter. »Du schaust so fröhlich.«

»Ich hab mir nur gerade was vorgestellt«, sagte Ben.

Auf dem Schulweg dachte Ben über die Sache mit dem Strahl nach. Er musste sich einen sicheren Beweis verschaffen. Aber wie? Vielleicht brauchte Oliver wieder seine Hilfe in Rechnen. Oder was noch besser wäre: Vielleicht konnte er Lisa beschützen, wenn jemand frech zu ihr war. Das Problem war nur: Es war nie jemand frech zu Lisa. Alle mochten sie gern. Ben seufzte. Wie auch nicht. Lisa konnte man nur gern haben. Manchmal wünschte sich Ben, dass Lisa eine grüne Warze auf der Nase hätte. Eine ganz kleine nur. Aber groß genug, dass sich irgendwer darüber lustig machte. Und dann könnte er … Ben stellte sich vor, wie er den Kerl zur Rede stellen würde.

Versunken in seinen Tagtraum wollte Ben eben an einer dunklen Hofeinfahrt vorüber. Irgendetwas veranlasste ihn dazu, stehen zu bleiben.

Er griff sich an die Stirn. Da war wieder diese seltsame Wärme. Neugierig ging Ben durch die schmale Einfahrt. Er schaute in den Hinterhof eines großen Wohnhauses. Mülltonnen, Teppichklopfstangen, ein dichtes Gebüsch, das die Sicht auf einen Teil des Hofes verdeckte.

Ben zuckte mit den Schultern und wollte wieder zurück auf die Straße. Schon nach wenigen Schritten blieb er stehen. Ein Lachen war zu hören. Es war kein fröhliches Lachen. Auch kein übermütiges. Es war ein sehr unangenehmes Lachen.

Verrückt, dachte Ben. Da lacht jemand ganz

genauso wie die Schurken im Fernsehen. Den muss ich mir anschaun.

Ben ging durch die Hofeinfahrt. Vor ihm lag ein großer Innenhof mit einem begrünten Viereck in der Mitte. Kieswege liefen rundherum. In einer Ecke standen die Mülltonnen. Eine Reihe dichter Büsche verdeckte die Sicht auf den gegenüberliegenden Hauseingang. Niemand war zu sehen. Ben wollte umdrehen und zurück auf die Straße gehen. Da hörte er wieder das Lachen. Jemand war dort hinter den Büschen. Ben ging langsam näher. Das Lachen wurde lauter und zweistimmig. Da war ein tiefes, bösartiges Lachen und dazwischen ein nervöses Kichern. Und noch etwas hörte Ben: schnelles, angstvolles Atmen.

Vorsichtig bog Ben die Zweige des dichten Gebüsches auseinander. Das Lachen kam von zwei Burschen, die Ben den Rücken zudrehten. Sie stießen jemanden vor sich her, der ungefähr in Bens Alter war. Er war kleiner als die beiden anderen. Schwarze Haare, angstvoll aufgerissene Augen. Die Größeren drängten ihn gegen die Hausmauer.

Schritte waren zu hören. Eine Frau kam aus einem Haustor. Direkt auf die drei zu.

Ben seufzte erleichtert auf. Bestimmt würde die Frau etwas unternehmen. Das hier war sowieso eine Sache für Erwachsene. Die Frau warf einen kurzen Blick auf die Szene. Einen Augenblick schien sie zu zögern. Dann wandte sie schnell den Kopf ab und ging mit raschen Schritten weiter.

Was ist los, dachte Ben. Sieht sie nicht, dass da eine ganz und gar unfaire Sache läuft?

Die Frau verschwand in der Hofeinfahrt. Ihre Schritte hallten laut auf dem Beton.

Die beiden Größeren warteten, bis die Frau verschwunden war. Jetzt griff einer der beiden nach dem Kleinen, der vergeblich versuchte auszuweichen.

Du kannst nichts tun, sagte Ben zu sich selbst. Mach, dass du hier wegkommst. Die sind größer und stärker und außerdem zu zweit. Jetzt den Mund aufzumachen ist nicht mutig, sondern blöd.

Zu seiner eigenen Überraschung schob Ben die dichten Zweige zur Seite und ging ein paar

Schritte vor. Die zwei Burschen bemerkten ihn zunächst nicht. »Lasst ihn los«, sagte Ben.

Die beiden drehten sich rasch um. Als sie Ben sahen, war ihre Erleichterung offensichtlich. Einer der beiden lachte wieder sein unangenehmes Lachen. Der andere kicherte.

»Zisch ab oder es tut dir gleich Leid«, sagte der mit dem bösartigen Lachen.

»Komm, wir gehen«, sagte Ben zu dem Kleinen. Der starrte Ben nur an. Er war zu verängstigt, um sich zu bewegen.

»Komm schon«, sagte Ben.

Die beiden Angreifer standen wie erstarrt. Waren sie starr vor Staunen? Zögernd ging der kleine Dunkelhaarige erst ein paar Schritte auf Ben zu, dann begann er zu laufen und rannte an ihm vorbei. Ben folgte ihm, ohne sich noch einmal umzudrehen.

Draußen auf der belebten Straße konnte Ben den Dunkelhaarigen nirgends mehr entdecken. Ein wenig enttäuscht schaute sich Ben um. Andererseits: Was war noch zu sagen?

Ben ging rascher. Er kam nicht gern zu spät in die Schule.

SCHNELLER ALS BEN DACHTE, sah er den Dunkelhaarigen wieder. Es war in der Pause. Abseits vom allgemeinen Trubel lehnte er an der Wand und betrachtete seine Schuhspitzen. Erst als Ben direkt vor ihm stand, schaute der andere auf. Er wirkte nicht gerade begeistert.

»Hallo«, sagte Ben.

Der andere reagierte nicht. Er schaute nur finster und konzentrierte sich wieder auf seine Schuhspitzen.

Ben wollte weitergehen. Offenbar hatte der andere keine Lust zu reden. Aber dann sagte er doch etwas. In einer Sprache, die Ben fremd war. Trotzdem verstand Ben jedes Wort. »Wie meinst du das? Inwiefern sind wir alle gleich?«, fragte er, ohne zu überlegen.

Gleichzeitig merkte er, dass er in der fremden Sprache geantwortet hatte.

Der andere hob rasch den Kopf. »Du verstehst ... du redest unsere Sprache?«, fragte er aufgeregt. »Wieso, woher?«

In diesem Augenblick bemerkte Ben, dass jemand neben ihnen stehen geblieben war. Es war Lisa. Sie hatte doch nicht etwa alles mit angehört? Wahrscheinlich doch. Sie schaute jedenfalls ebenso verblüfft wie der kleine Dunkelhaarige. Ben wollte etwas zu Lisa sagen, aber sie wandte sich schnell ab und ging weiter. Wahrscheinlich hatte sie Bens Verlegenheit bemerkt. Jemanden absichtlich in Verlegenheit bringen – das war ganz und gar nicht lisamäßig.

»Ich bin Mirko. Und du?«, fragte der Dunkelhaarige. Und dann, als Ben nicht antwortete, fragte er weiter: »Wer bist du? Woher kommst du?« Ben sagte noch immer nichts. Er fühlte sich ausgesprochen unbehaglich. Etwas zu können, weil man es gelernt hatte, war eine Sache. Englische Vokabel zu lernen und irgendwann einmal Englisch zu können, das war ganz in Ordnung. Okay, great, perfect. Aber eine fremde Sprache zu verstehen und zu sprechen, einfach so, und nicht zu wissen, warum … Das war schon ziemlich unheimlich.

Ben war froh über das Schrillen der Schulglocke. »Ich bin Ben. Wir sehen uns sicher noch«, sagte Ben – diesmal auf Deutsch.

Ben drehte sich schnell um und ging zurück in seine Klasse. Er spürte Mirkos Blick in seinem Rücken.

Er saß schon auf seinem Platz, als ihm eine Möglichkeit einfiel, an die er bisher noch nicht gedacht hatte. Vielleicht passierte das alles gar nicht wirklich. Möglicherweise träumte er. Ben tat, was man angeblich in so einem Fall tun muss. Er zwickte sich kräftig in den Arm. Es tat weh. Ben war noch immer nicht überzeugt. Wer sagt, dass einem im Traum nichts wehtut?

Und wenn er nicht träumte? Was dann?

Eines war Ben klar: Diesmal war es kein Zufall gewesen. Und es gab auch keine natürliche Erklärung dafür. Es gab eigentlich nur eine Erklärung und die war alles andere als natürlich.

Ben wollte in Ruhe darüber nachdenken, was das alles für ihn bedeutete. Am besten nachdenken konnte er beim Ententeich. Da saß er jetzt und grübelte. Vielleicht musste er keine Vokabeln mehr lernen. Er brauchte nur den Mund aufzumachen und konnte alle Sprachen der Welt, ohne sie lernen zu müssen ...

Englisch? Arabisch? Chinesisch? Würde er einen Eskimo verstehen? Eventuell auch einen Apachen? Der-mit-tausend-Zungen-spricht grüßt seinen roten Bruder ...

Die Antwort auf diese Frage bekam Ben auf der Stelle. Ein älteres Ehepaar mit einem Stadtplan in der Hand blieb neben ihm stehen. Sie fragten nach dem Weg in die Innenstadt. Auf Englisch. Ben hätte jetzt gerne in fließendem Englisch geantwortet. Aber er musste mühsam die Vokabeln zusammensuchen und

die Wegbeschreibung gelang ihm eher mangelhaft. Die beiden bedankten sich höflich und gingen in die falsche Richtung.

War wohl nicht so gut, dachte Ben. Jetzt war er ebenso schlau wie zuvor. Er wusste nur, dass seltsame Dinge geschahen. Aber er wusste nicht was, wann, wie und warum. Vielleicht würde sich das Ganze mit der Zeit von selber wieder geben. So wie ein Schnupfen. Und bis dahin würde er eben versuchen nicht noch einmal aufzufallen.

ABER SCHON AM NÄCHSTEN TAG WURDE BEN KLAR, dass es nicht so einfach war, unauffällig zu bleiben.

Es war in der zweiten Stunde. Sie hatten gerade Deutsch. Ben mochte Deutsch. Auch wenn er die Aufsatzthemen immer etwas langweilig fand. »Unser Schulausflug« oder: »Mein schönster Ferientag« oder: »Was ich einmal werden möchte«.

Ben hätte sich lieber zu ganz anderen Dingen etwas einfallen lassen. »Das Gespenst im Zeichensaal« zum Beispiel. Oder: »Gruselparty in der Gruppengruft« oder: »Ich bin ein Außerirdischer und keiner weiß es«. Ben stellte sich gerade vor, wie er sich als Außerirdischer hier auf der Erde fühlen würde. Plötzlich wurde die Tür zum Klassenzimmer aufgerissen.

»Der Mirko, der Neue, der Ausländer«, rief

ein Mädchen atemlos vor Aufregung. »Er kriegt keine Luft. Ich soll überall fragen, ob ihn vielleicht wer versteht. Er sagt dauernd was, aber keiner versteht ihn. Der Schularzt ist auch nicht da, der ist selber krank. Er ist schon ganz blau im Gesicht.«

Trotz dieser etwas verwirrenden Meldung war jedem klar, dass nicht der Schularzt, sondern Mirko blau im Gesicht war.

»Kennt jemand diesen Mirko? Kann jemand seine Sprache?«, fragte die Deutschlehrerin.

Niemand meldete sich.

»Ben!«, hörte Ben Lisas Stimme sagen. Sie war sichtlich erstaunt, dass er sich nicht selbst meldete.

Die Deutschlehrerin wandte sich zu Ben. »Du, Ben?«, fragte sie überrascht.

Ben schüttelte den Kopf. »Nein, ich …« Er wusste selbst nicht, was er sagen sollte. Er konnte doch Mirkos Sprache gar nicht. Nicht wirklich. Ein paar belanglose Worte vielleicht. Und das wahrscheinlich auch nur gestern.

Lisa schaute zu Ben. »Aber Ben, du hast

doch …« Verwirrt unterbrach sie sich selbst und begann noch einmal. »Ich hab doch gehört, wie du …«

Ben setzte zu einer Erklärung an. »Schon, aber ich weiß nicht, ob …«

»Also komm, du kannst es auf jeden Fall probieren.« Die Deutschlehrerin nahm Ben energisch beim Arm und schob ihn vor sich zur Tür. Sie folgten dem Mädchen zu einem Klassenzimmer ganz am Ende des Ganges.

Mirko lag zusammengekrümmt auf dem Boden. Sein Körper wurde von einem Krampf geschüttelt. Er bekam sichtlich nur mühsam Luft. Seine Gesichtsfarbe war bläulich.

Ein wenig hilflos kniete der Lehrer neben ihm. In einigem Abstand standen die Schüler mit erschrockenen Gesichtern.

Alle drehten sich um, als die Tür aufging. Der Lehrer war enttäuscht nur Ben und die Deutschlehrerin zu sehen. »Wann kommt endlich der Notarzt?«, fragte er verzweifelt.

Mirko rang nach Luft und stammelte immer wieder etwas.

»Die Tabletten. In meiner Schultasche.

Vorne. Ich muss … eine Tablette haben! Bitte!«

Ben verstand Mirko ganz klar und deutlich.

»Es sind Tabletten in seiner Schultasche. Im Vorderfach«, übersetzte Ben, ohne einen Augenblick zu überlegen. Er sah sich selbst da stehen und hörte seiner eigenen Stimme zu. Dabei fühlte er sich gleichzeitig wie ein unbeteiligter Beobachter der ganzen Szene.

Eines der Kinder kramte hastig im Vorderfach einer ziemlich ramponierten Segeltuchtasche. Ein Röhrchen mit kleinen weißen Tabletten kam zum Vorschein. Der Lehrer sah Ben fragend an. »Nur eine«, sagte Ben.

Der Lehrer schob Mirko eine der Tabletten zwischen die Lippen. Mirko schluckte mit Mühe. Schon nach wenigen Augenblicken ging sein Atem ruhiger.

Sein Körper entspannte sich. Er öffnete die Augen, atmete durch, setzte sich auf. Sein Blick fiel auf Ben. »Du schon wieder«, sagte er verwundert. »Bist du gewohnheitsmäßiger Lebensretter oder was? Man sollte dich Mutter Teresa nennen.«

»Ben genügt«, sagte Ben. Und er merkte, dass er wieder in der Sprache Mirkos geredet hatte.

»Was sagt er?«, fragte der Lehrer.

Plötzlich war die Aufmerksamkeit aller auf Ben gerichtet. Das war ihm ziemlich unangenehm. Er hatte doch nicht mehr auffallen wollen!

»Geht mich schon gut, danke«, antwortete Mirko auf Deutsch. Nicht ganz fehlerfrei, aber durchaus verständlich.

Dem Lehrer war die Erleichterung anzusehen.

Ben drehte sich um und ging zurück zu seiner Klasse. Die Deutschlehrerin ging neben ihm. Sie sagte nichts. Ben spürte, dass sie ihn gerne etwas gefragt hätte. Dass sie eine Erklärung erwartete. Aber Ben wusste nicht, was er hätte sagen sollen.

»Es geht Mirko wieder besser«, sagte die Deutschlehrerin zu den anderen in Bens Klasse. »In seiner Panik hat er wohl vergessen, dass er ganz gut Deutsch spricht. Na ja – zum Glück war Ben da als Übersetzer.«

Wieder lag eine unausgesprochene Frage in dieser Feststellung. Alle schauten zu Ben.

Ben setzte sich umständlich auf seinen Platz. Er sagte nichts.

»Wahrscheinlich ist er selbst ein Tschusch. Ein gut getarnter«, sagte Theo halblaut. Aber so leise, dass es die Deutschlehrerin nicht hören konnte. Diese Bemerkung war wieder typisch Theo.

»Also – wo sind wir stehen geblieben?«, fragte die Lehrerin.

»Gar nicht. Wir sitzen«, sagte Armin. Ben war froh über das allgemeine Gelächter.

Ben drehte sich zu Lisa um. Da war wieder dieser Blick. Verständnislos und irgendwie enttäuscht.

Na bestens, großartig, super, sagte Ben zu sich selbst. Jetzt glaubte auch noch die netteste aller Lisas, dass er nicht hatte helfen wollen. Aus Gleichgültigkeit oder weil er nicht für einen Ausländer gehalten werden wollte. Oder aus irgendeinem anderen fiesen Grund.

Von wegen Geschenk, dachte Ben verdrossen. Die sollen es sich wieder abholen, ihr Geschenk.

Er versuchte ein Achselzucken in Lisas Richtung. Vielleicht verstand sie, dass er selbst nicht wusste, was mit ihm los war.

Aber Lisa wandte den Blick ab.

Ben fühlte hilflosen Zorn auf die Welt im Allgemeinen und auf das Leuchtding vor seinem Fenster im Besonderen.

Warum ich?, dachte er. Warum? Von allen dunklen Fenstern in dieser ziemlich großen Stadt hatten sie sich ausgerechnet seines ausgesucht. Um stehen zu bleiben und ihm diesen blauen Strahl zu schicken. Von dem man nicht wusste, was er noch alles bewirken würde. Ben griff sich an die Stirn. Im Augenblick war nichts zu spüren.

Wie soll mir jemand glauben, dass ich selbst nicht weiß, was ich kann und was nicht. Und wann und wieso. Mirkos Sprache zum Beispiel.

Ben stellte fest, dass er nicht einmal wusste, welche Sprache es war, die er gestern gekonnt hatte. Und eben vorhin wieder.

Aber du hast Mirko helfen können, sagte eine innere Stimme als Antwort auf seine zornigen Gedanken. Alles andere ist doch Nebensache. Es geht um Lisa, widersprach Ben der Stimme. Und Lisa ist keine Nebensache.

»Bis morgen schreibt ihr als Hausaufgabe einen kleinen Aufsatz«, sagte die Deutschlehrerin. Die Stunde war mittlerweile fast vorüber. »Zum Thema: *Helfen macht Freude.*«

Ben hatte das Gefühl, dass selbst dieses harmlos langweilige Aufsatz-Thema irgendwie ein Vorwurf gegen ihn war.

Er nahm sich vor nach der Schule mit Lisa zu reden. Ihr von dem blauen Strahl zu erzählen. Vielleicht würde sie ihn für verrückt halten. Aber das war immer noch besser als alles andere, wofür sie ihn möglicherweise derzeit hielt.

Es war seltsam, dass Ben es überhaupt bemerkte, dieses eher unauffällige Auto. Beige war es, nicht besonders groß, in keiner Hinsicht irgendwie bemerkenswert. Sogar die kleine Beule am linken hinteren Kotflügel war unauffällig. Es war zwischen vielen anderen Autos gegenüber der Schule geparkt.

Und trotzdem zog ausgerechnet dieses Auto Bens Aufmerksamkeit auf sich. Zwei Männer saßen drin. Sie schauten ab und zu hinüber zum Schultor. Aber sie sahen eigentlich nicht aus, als wollten sie jemanden von der Schule abholen. Sie wirkten ganz und gar nicht elternmäßig. Der Große, Kräftige hinter dem Steuer trug eine dunkelblaue Baseballkappe, unter der blonde, fettige Haarsträhnen herausschauten. Er blätterte gelangweilt in einer Zeitung. Gelegentlich stocherte er mit dem kleinen Finger der linken Hand in seinen Zähnen.

Der Dünne auf dem Beifahrersitz hatte dunkle Haare, die wie an den Kopf geklebt wirkten. Er schrieb etwas in ein kleines Heft. Immer wieder schaute er mit hurtigen kleinen Mausaugen auf, um dann wieder ein paar Worte – oder waren es Zahlen? – zu kritzeln.

Ben wollte eigentlich auf Lisa warten. Ihr sagen, dass er mit ihr reden müsste. Aber Lisa war nirgends zu sehen. Vielleicht schon abgeholt im »Protzomobil«? Wahrscheinlich nicht. Das kam in letzter Zeit immer seltener

vor. Vielleicht ging sie Ben absichtlich aus dem Weg? Das war schon eher möglich. Dieser vorwurfsvolle Blick nach der Sache mit Mirko …

Ben hatte Lisa-Sorgen. Und eine Menge verwirrender Gedanken zu ordnen.

Was also gingen ihn Fettsträhne und Mausauge in ihrem beigefarbenen Auto an? Absolut nichts, sagte er sich selbst. Warum nur hatte er trotz allem das Gefühl, dass sie ihn etwas angingen?

Ben ging ein paar Schritte zurück, um die Autonummer sehen zu können. – 389 GF. Das war leicht zu merken. 3 mal 8 ist nicht 9. Und dann noch GF wie Gefährliche Ferbrecher mit einem Rechtschreibfehler. Ganz einfach.

So. Das war nach Bens Merkmethode verlässlich gespeichert. Ben hatte zwar nicht die mindeste Ahnung, wozu es gut sein sollte, sich das Autokennzeichen zu merken, aber schaden konnte es ja nicht. Von Lisa war nichts zu sehen. Sie kam jetzt ganz bestimmt nicht mehr. Auch die meisten anderen aus Bens Klasse waren schon auf dem Heimweg. Nur eine kleine Gruppe stand noch vor der Schule. Lisa war nicht dabei. Ihre rotblonde Lockenmähne wäre kaum zu übersehen gewesen. Ben bemerkte, dass eines der Kinder sich nach ihm umdrehte. Sie redeten über ihn, das war klar.

Jetzt kam doch noch jemand aus dem Schultor. Es war Theo. Ben ging in einem Haustor in Deckung. Nicht auch noch eine dumme Bemerkung von Theo. Das konnte er absolut nicht brauchen.

Theo stand eine Weile unentschlossen vor dem Schultor. Worauf wartete er? Er ging ein paar Schritte, machte kehrt und schlenderte dann in die andere Richtung. Nach ein paar weiteren Schritten änderte er noch einmal die Richtung.

Er wird ja wohl noch wissen, wo er wohnt, dachte Ben verwundert.

Ein Motor in Bens Nähe wurde gestartet. Das beigefarbene Auto setzte sich in Bewegung. Als es an Ben vorbeifuhr, sah er, dass Fettsträhne und Mausauge heftig miteinander diskutierten.

Theo schien sich jetzt doch für eine Richtung entschieden zu haben. Jedenfalls war er nicht mehr zu sehen.

Ben ging langsam nach Hause. Drei mal acht ist nicht neun, sagte er sich ein paar Mal in Gedanken vor. Gefährliche Ferbrecher mit einem Rechtschreibfehler.

EIGENTLICH HATTE BEN VOR sich an diesem Nachmittag in der Bibliothek Bücher auszuborgen. Aber dann wollte seine Mutter unbedingt mit ihm Schuhe kaufen gehen. Für den Wandertag. Ordentliches, festes Schuhwerk, wie sie es nannte. Ben ahnte Schlimmes. Zu Recht. Nur mit Mühe konnte er seine Mutter davon abhalten, ihm Schuhe zu kaufen, wie sie vielleicht ein Extrembergsteiger brauchte. Nach vielem Hin und Her waren sowohl Bens Mutter als auch Ben ziemlich genervt. Aber er hatte genau die Turnschuhe, die er wollte.

Als sie zu Hause ankamen, war gerade noch Zeit, um vor dem Abendessen die Aufgaben zu machen. Ben überlegte, ob er Lisa anrufen sollte, ließ es aber dann doch sein. Es war einfach zu schwierig, am Telefon diese unglaubliche Geschichte zu erklären. Außerdem waren

Mütter bekanntlich von Natur aus neugierig. Und Ben wollte mit Lisa reden, ohne dass nachher jemand fragte: »Was hab ich da gehört? Das glaubst du doch wohl alles selbst nicht?«

Bens Vater kam wie immer pünktlich um sechs nach Hause. Abendessen war wie immer pünktlich um halb sieben. Pünktlich um halb acht wurden wie immer im Fernsehen die Nachrichten angeschaut. Auch die aktuellen Meldungen klangen wie immer.

Eine Autobombe in Algerien.

Eine Demonstration im ehemaligen Jugoslawien.

Hungersnot in Afrika.

Ölpest an der spanischen Küste. Wieder einmal hatte ein gestrandeter Tanker eine ganze Ladung Öl verloren.

Japanische Fangschiffe machten gegen alle Abkommen Jagd auf Wale.

»Unfassbar«, sagte Bens Vater. »Lauter Horrormeldungen. Sie bringen es fertig und machen diesen Planeten noch kaputt. Mit allem, was drauf lebt.«

Die Meldung ging noch weiter. Ein Greenpeace-Boot versuchte sich zwischen den japanischen Walfänger und die bedrohten Wale zu stellen. »Na immerhin«, bemerkte Bens Vater anerkennend. »Ein paar Vernünftige gibt es ja doch noch. Die sich außerdem was trauen.«

Bens Mutter holte aus einem Poststapel ein Überweisungsformular. »Die brauchen Spenden, um vernünftig sein zu können«, sagte sie und legte einen Kugelschreiber dazu. Bens Vater brummte ein bisschen, aber er begann zu schreiben.

Die Fernsehwerbung wirkte im Anschluss an die Nachrichten, als käme sie aus einer anderen Wirklichkeit. Eine Frau freute sich unbändig über einen Kakaofleck, der von ihre Bluse verschwunden war.

Ein mit Muskeln voll gepackter Jüngling sprang vor Begeisterung über sein Deo von einem Felsen ins Meer.

Eine dünne Dame erklärte, dass sie noch vor wenigen Monaten dick gewesen war. Und durch welche Diät sie jetzt so dünn war.

Ein gezeichnetes Auto süffelte genießerisch Superbenzin. An einer Tankstelle derselben Firma, die gerade mit einer Schiffsladung voll Rohöl eine ganze Küste verseucht hatte.

Nur die weiße Perserkatze, die für ein Katzenfutter warb, machte ihre Sache ziemlich gut.

Bei der Programmvorschau für den Abend horchte Ben auf. »Haben wir Besuch aus dem Weltraum? Experten nehmen Stellung zu angeblichen UFO-Sichtungen«, kündigte der Sprecher an.

»Dafür brauch ich keine Experten«, sagte Bens Vater. »Alles Einbildung. Oder Schwindel. Im besten Fall eine optische Täuschung. So wie bei dir kürzlich. Oder denkst du etwa immer noch, das Licht aus dem Treppenhaus war ein UFO?«

Ben antwortete nicht. Was sollte er schon sagen?

GESPANNT WARTETE BEN auf den Beginn der Sendung. Gab es außer ihm vielleicht noch andere, die etwas Ähnliches erlebt hatten? Würde er wenigstens auf ein paar seiner vielen Fragen Antworten bekommen? Zunächst wurden Bilder von angeblichen UFOs gezeigt. Das war wenig eindrucksvoll. Irgendwelche tellerähnlichen Gebilde flogen ein Stück und waren im nächsten Augenblick verschwunden. Sie sahen nicht viel anders aus als Frisbee-Scheiben. Andererseits ... Ben dachte an sein nächtliches Erlebnis. Wer hat schon eine Filmkamera bei der Hand, wenn so ein Ding auftaucht?

»Lauter Fälschungen«, knurrte Bens Vater.

Dann wurden Leute befragt, die angaben von einem UFO entführt worden zu sein. Das war schon spannender, hatte aber überhaupt keine Ähnlichkeit mit Bens nächtlicher Begegnung. Ben war nicht in das UFO gebeamt worden. Niemand hatte ihn untersucht. Er hatte keine Angst gehabt. Und es gab nachher auch keine Gedächtnislücken.

Dann erzählten Leute von UFO-Landungen, die kreisförmige Spuren in Kornfeldern hinterlassen hatten.

»Alles Betrug – weiß man doch inzwischen«, sagte Bens Vater überlegen. »Bin neugierig, wann sie sich endlich was anderes einfallen lassen.« Bens Vater fühlte sich durch die Sendung in seinen Zweifeln bestätigt. Ben war enttäuscht.

Nicht ein Einziger, der da befragt wurde, sagte etwas von einem blauen Strahl. Davon, dass sie plötzlich etwas konnten, ohne zu wissen, warum, woher, wieso. Keiner berichtete von einer Stimme, die man mit dem ganzen Körper hörte.

Am Ende der Sendung berichtete ein rothaariger Amerikaner von einem Sender, der auf das Weltall gerichtet war. Regelmäßig wurde eine Botschaft ins All geschickt.

Und eine riesige Spezialantenne war nur dazu da, eventuelle Antworten aufzufangen.

»Ha! Da können sie lange warten«, sagte Bens Vater mit hörbarer Genugtuung. »Dass sie für so einen Unfug überhaupt Geld ausgeben!«

»Warum?«, fragte Ben. »Warum denkst du, dass niemand antwortet?«

»Ganz einfach«, antwortete Bens Vater. »Wenn keiner da ist, kann keiner antworten. Ist doch höchst unwahrscheinlich, dass da irgendwo noch so ein Planet wie unserer herumkurvt.«

Ben spürte wieder diese seltsame Wärme in der Mitte seiner Stirn. Er stand auf und ging zum Fenster. Ein blasser Dreiviertelmond kam hinter einer Wolke zum Vorschein. Ein paar Sterne blinkten.

»Im Gegenteil«, hörte Ben sich selbst sagen. »Ich denke, es ist höchst unwahrscheinlich, dass da *nicht* irgendwo noch bewohnte Planeten sind.«

»Ach?«, sagte Bens Vater ein wenig herablassend. »Und warum denkst du das?«

Ben schaute zum nächtlichen Himmel hinauf. »Weil jeder Stern da draußen so eine Sonne wie unsere Sonne ist.«

»Ja, und?«, sagte Bens Vater.

»Es gibt fast vierhundert Milliarden von

ihnen«, sagte Ben versonnen. »Allein in unserer Galaxie.«

»Ja und?«, wiederholte Bens Vater. »Was sagt das schon. Auf einer Sonne gibt's kein Leben. Ungemütlich heiß, hab ich mir sagen lassen.«

»Über 5.000 Grad auf unserer Sonne. Mehr als 25.000 Grad auf Sirius«, sagte Ben, ohne einen Augenblick zu zögern.

»Na bitte, mir sind zwanzig Grad schon zu viel.« Bens Vater zog seine Jacke aus.

»Aber um Sonnen kreisen häufig Planeten«, sagte Ben.

»Dann kreisen sie eben. Das heißt noch lange nicht, dass auf diesen Planeten auch Leben möglich ist«, antwortete Bens Vater störrisch.

»Stimmt. Die Wahrscheinlichkeit ist eins zu zweihunderttausend«, hörte Ben sich sagen.

Woher weiß ich das?, dachte er, kaum dass er es gesagt hatte.

»Eins zu zweihunderttausend!«, wiederholte Bens Vater triumphierend. »Also so gut wie nicht vorhanden. Sag ich ja immer.«

Ben starrte noch immer zum Sternenhimmel hinauf. »Bei 388 Milliarden Sonnen? Da bleibt immer noch eine Wahrscheinlichkeit von einer Million neunhundertvierzigtausend.«

»Tatsächlich? So viele noch? Eine Million neunhun…« Bens Vater unterbrach sich. »Woher willst du das eigentlich alles wissen? Woher hast du diese Zahlen?«

»Aber es ist gar nicht so wichtig, wie viele es in unserer Galaxie sind«, fuhr Ben unbeirrt fort.

»Ben! Ich hab dich was gefragt!«

»Weil es nämlich über hundert Milliarden Galaxien gibt«, sagte Ben.

»Das erhöht die Wahrscheinlichkeit auf …«

»Ben!« Bens Vater klang jetzt ärgerlich.

Ben drehte sich langsam zu seinem Vater um. Er schaute drein wie ein Schlafwandler, der zu plötzlich angesprochen wird. Ben griff sich an die Stirn. Die Wärme war verschwunden. »Was ist?«, fragte er.

»Woher hast du das alles?«, fragte Bens Vater. »Diese Zahlen. Lernt ihr so was in der Schule?«

Ben fühlte sich plötzlich sehr müde. »Nein«, sagte er wahrheitsgemäß. »Das lernen wir nicht in der Schule.«

Später dann, als Ben schon schlafen gegangen war, las Bens Vater das Börsenblatt. Aber er studierte die Aktien- und Devisenkurse nicht mit dem gewohnten Interesse. Die vielen Zahlen erinnerten ihn wieder an sein Ge-

spräch mit Ben. Er ließ die Zeitung sinken und starrte eine Weile auf die Tabellen und Ziffern. »Findest du nicht, dass unser Sohn in letzter Zeit etwas seltsam ist?«, fragte er seine Frau.

Bens Mutter schaute von den Rechnungen auf, die sie in einem Ordner abheftete. »Inwiefern?«, fragte sie.

»Die Dinge, für die er sich so interessiert …«, sagte Bens Vater. »Er weiß zu viel für sein Alter.«

Bens Mutter lachte kurz auf. »Ist das ein Problem? Das bestärkt dich doch sicher nur in der Annahme, dass er deine Intelligenz geerbt hat«, bemerkte sie ironisch.

Bens Vater verzog das Gesicht und brummte etwas Unverständliches. Er wandte sich wieder seiner Zeitung zu. Und damit seiner vertrauten Wirklichkeit von Soll und Haben.

Er hätte bestimmt nicht so ruhig weitergelesen, wenn er geahnt hätte, dass in nächster Zeit noch viel seltsamere Dinge passieren würden.

Schon am nächsten Morgen hatte auch Bens Mutter Grund genug sich über Ben zu wundern.

Bens Vater hatte soeben die Wohnungstür hinter sich zugemacht. Er ging wie immer pünktlich um halb acht aus dem Haus.

Ben packte noch sein Rechenheft in die Schultasche. Fast hätte er es auf seinem Schreibtisch liegen lassen. Und dann fiel ihm ein, dass er im Mitteilungsheft eine Unterschrift brauchte. Die hätte er auch beinahe vergessen.

»Man ist eben nicht mehr der Jüngste«, murmelte Ben.

Er fand seine Mutter mit betrübtem Gesicht vor dem großen Doppelfenster im Wohnzimmer. Die Pflanzen, die da auf verschiedenen Blumentischen dahinkümmerten, waren allerdings auch ein betrüblicher Anblick. Mit hängenden Zweigen, gelblichen Verfärbungen, verdorrten Stellen. Eine Menge abgefallener Blätter lag am Boden.

»Liegt's an mir?«, fragte Bens Mutter. »Oder sind die Kerle schlicht boshaft? Ich schleppe wunderbar grüne, üppige Pflanzen an. Ich hege und pflege sie. Ich rede sogar manchmal mit ihnen. Und sie verwandeln sich trotzdem in kürzester Zeit in dürre Reisigbesen. Was mach ich nur falsch?«

Ben hatte sich nie besonders für die Topfpflanzen seiner Mutter interessiert. Ihm waren wild wachsende Pflanzen lieber. Ganz besonders schöne alte Bäume wie der Ginko-Baum im Park.

Er hielt seiner Mutter ein wenig ungeduldig das Heft und einen Kugelschreiber entgegen.

»Keine Ahnung«, wollte er sagen. Stattdessen sagte er zu seiner eigenen Überraschung etwas völlig anderes. »Dem Ficus benjaminus ist es zu nass. Der Farn hat zu viel Sonne. Dem Lorbeer fehlt Licht. Das Sumpfgras braucht mehr Wasser. Die Aralie eine stickstoffreichere Erde. Unterschreibst du da bitte?«

»Waaas?«, fragte Bens Mutter und starrte Ben an.

»Es geht um den Wandertag«, erklärte Ben.

Bens Mutter unterschrieb mechanisch und gab Ben das Heft zurück. »Ja schon. Aber … was … was hast du da vorhin über die Pflanzen gesagt? Woher weißt du das alles?«

Was soll's, ihr glaubt es ja doch nicht, dachte Ben. »War nur so eine Idee«, sagte er. »Es ist spät. Ich muss mich beeilen. Und wenn du mit ihnen redest, sag möglichst nicht ›Blödes Grünzeug‹ zu ihnen.«

Bens Mutter schaute erst sprachlos ihrem Sohn nach. Dann stand sie noch eine ganze Weile nachdenklich vor ihren Pflanzen am Südfenster. Ihr fiel ein, was ihr Mann gesagt hatte. Er hat Recht, dachte sie. Ben ist tatsächlich sehr seltsam in den letzten Tagen. Woher kennt er plötzlich die Namen aller Topfpflanzen? Und weiß noch dazu, was ihnen fehlt?

Und hatte sie nicht gestern erst »blödes Grünzeug« gesagt? Ziemlich laut sogar? Ben wird es gehört haben, überlegte sie. Bis in sein Zimmer. Dann schüttelte sie den Kopf. Nein, das war doch gestern Vormittag. Da kann er es nicht gehört haben. Weil er in der Schule war. Nachdenklich begann sie die Blätter aufzusammeln.

War das nun ein Grund sich ernsthafte Sorgen zu machen oder nicht? Bens Mutter verschob diese Entscheidung auf später. Sie war eine praktische Natur. Zunächst einmal wollte sie das Sumpfgras gießen, die Aralie düngen und den Farn aus der direkten Sonne nehmen.

Was war noch? Richtig: den Lorbeer nach vorne ans Fenster stellen.

Ben dachte auf dem Weg zur Schule an die verwunderten Fragen seines Vaters. Und an das verblüffte Gesicht seiner Mutter. Er musste unwillkürlich lachen. Immerhin – das Ganze hatte offensichtlich auch seine komischen Seiten.

Nur Lisa musste er noch in die Sache einweihen. Am besten gleich heute.

Aber wie sich herausstellte, war das gar nicht so einfach.

AUCH AN DIESEM VORMITTAG FAND BEN KEINE GELEGENHEIT Lisa zu sagen, dass er mit ihr reden wollte.

In der ersten Pause musste Lisa noch schnell von Jakob die Hausaufgabe für die zweite Stunde abschreiben. Das hatte Vorrang, ganz klar. Die große Pause verging damit, dass Piet Zimtschnecken an seine Freunde verteilte. Piet war berühmt für seine backfreudige Mutter. Und ihre Zimtschnecken waren absolute Spitze. Ben bekam zwar eine der begehrten Zimtschnecken, aber keinen Augenblick Lisas ungeteilte Aufmerksamkeit.

In der nächsten Pause erzählte Tobias von dem getigerten Kater, der vor einigen Tagen bei ihm im Garten aufgetaucht war. Halb verhungert und noch ziemlich klein. Aber fest entschlossen sich bei Tobias einzuquartieren.

»Ich glaub, er will mich adoptieren«, sagte Tobias stolz.

Ben kannte Lisas Begeisterung für Katzen. Lisas großer Kummer war, dass sie selbst keine haben durfte, weil ihre Mutter allergisch gegen Katzenhaare war. Angeblich bekam sie keine Luft, wenn eine Katze nur in ihre Nähe kam.

»Später mal mach ich ein eigenes Katzenheim auf«, sagte Lisa manchmal. Und Ben traute ihr das durchaus zu. So was war absolut lisamäßig.

Interessiert erkundigte sich Lisa bei Tobias nach allen Einzelheiten. Sie begann mögliche Katernamen zu überlegen. Mausebär … Grisli … Kasimir … Oder Shir Khan, wie der

Tiger aus dem Dschungelbuch. Er würde ja sicher noch wachsen, der kleine Getigerte. Jedenfalls kündigte sie ihren baldigen Besuch bei Tobias und seinem Kater an.

Ben hörte es neidvoll. Das war unlauterer Wettbewerb! Wenn er doch auch eine Katze vorzuweisen hätte!

Ob er noch einmal versuchen sollte seine Eltern zu überreden? Aber er hatte es schon so oft erfolglos probiert.

»Der Geruch! Und überall Katzenhaare!«, sagte Bens Mutter dann jedes Mal. »Außerdem: Wer nimmt das Tier, wenn wir in Urlaub fahren?«

»Kommt überhaupt nicht in Frage«, sagte Bens Vater. Und nannte gar keinen Grund.

Ben fragte sich dann immer zornig, ob er Vatersein für eine ausreichende Begründung hielt.

Nach der Schule war es Axel, der nicht von Lisas Seite wich. Er erzählte von seinem Aikido-Kurs. Gewaltlose Selbstverteidigung.

Die Kunst bestand im richtigen Ausweichen und Nachgeben. Einfacher gesagt: genau dort *nicht* zu sein, wo jemand zuschlug. Es waren auch viele Mädchen im Kurs und es würde Lisa bestimmt gefallen. Ob sie vielleicht einmal kommen wollte? Wenigstens zuschauen … Lisa versprach, es sich zu überlegen.

Zimtschnecken, ein kleiner Kater, Aikido – Ben fühlte sich an die Wand gedrängt. Von einer Übermacht an Bewerbern um Lisas Wohlwollen. Was hatte er anzubieten? Eine eher zweifelhafte Geschichte von nächtlichen Besuchern und einem Strahl, der irgendwas bewirkte, von dem Ben selbst nicht so genau wusste, was es war.

Axel redete immer noch. Und dann stand auf einmal die dicke Franca neben Ben. Sie zupfte an Bens Jackenärmel und wollte dringend etwas über den Wandertag wissen. Franca fragte Ben andauernd irgendetwas Unwichtiges.

Auf Bens schnelle Antwort wollte Franca noch etwas wissen. Und als Ben sich wieder Lisa zuwenden wollte, war sie verschwunden. Auch Axel war nicht mehr da.

Nur Theo lehnte noch an dem Geländer, das den Platz vor der Schule von der Straße trennte. Er warf Ben einen schadenfrohen Blick zu. »Längst weg, die liebe Lisa«, sagte er. »Vielleicht mag sie keine Ausländer?«

Ben ballte die Fäuste. Warum waren eigentlich alle, die ihn ärgerten, immer größer? Wie kam das?

Der nächtliche blaue Strahl hätte ihm eigentlich Karate beibringen können. Oder Boxen. Statt ihm seltsame Sprachen einzusagen. Und dieses eher verwirrende Wissen über Sonnen, Planeten und Topfpflanzen. Eine Laserpistole als Geschenk wäre auch nicht übel gewesen.

Vielleicht war er ja tatsächlich Super-Ben, wenn er erst einmal loslegte. Aber das wollte er nicht ausgerechnet bei Theo ausprobieren. Das war entschieden zu riskant.

Also gab er einfach gar keine Antwort, sondern ging an Theo vorbei und erst einmal nach Hause. Bens Mutter hatte Spaghetti angekündigt. Und die standen ganz oben auf seiner Liste mit Lieblingsessen. Gleichrangig neben Pommes frites mit Ketschup.

Zu Hause sah Ben sofort, dass sich bei den Pflanzen etwas geändert hatte. Auf wunderbare Weise schienen sie sich schon in den wenigen Stunden erholt zu haben. Ganz so, als hätten sie gehört, dass jemand ihre Probleme verstand.

Bens Mutter erwähnte die Topfpflanzen mit keinem Wort. Sie fragte wie jeden Tag: »Irgendwas Besonderes in der Schule, Benni?«

Aber anders als sonst schaute sie ihn aufmerksam an und wartete auf seine Antwort.

Ben schüttelte den Kopf. Und hoffte, dass sein »Nein, wieso?« möglichst beiläufig klang. Bens Mutter zögerte, fragte aber dann doch nicht weiter, sondern stellte die Spaghetti auf den Tisch.

Nach dem Essen fasste Ben einen Entschluss. Er wollte sein Gespräch mit Lisa nicht länger irgendwelchen Zufällen überlassen. Schließlich wusste er, wo Lisa wohnte. Blumenstraße 36. Er würde einfach zu ihrem Haus gehen. Bei dem großen schmiedeeisernen Tor mit der Gegensprechanlage läuten. Und sagen: »Hallo. Ich bin Ben. Ich möchte Lisa besuchen.« Und Lisa würde ein wenig überrascht sagen: »Ben? Du? Was gibt's denn?«

Ben holte seine Jacke. »Bin bald wieder

da!«, rief er seiner Mutter zu. Und war draußen, ehe sie noch etwas fragen konnte. Eine Spitzenidee war das. Gleich würdc er in Ruhe mit Lisa reden können. Ohne dass Axel, Tobias und Piet störten. Oder die dicke Franca.

Aber dann kam alles ganz anders.

AUF DEM WEG ZU LISA überlegte Ben, wie er sein nächtliches Erlebnis schildern sollte. Er dachte daran, dass sein Vater ihn keinen Augenblick ernst genommen hatte. Von wegen kleine grüne Männchen! Ben schnaubte verächtlich bei der Erinnerung daran. Erwachsene waren manchmal wirklich erstaunlich kindisch.

Wenn Lisa ihn nun auslachen würde? Ben schob den Gedanken sofort wieder weg. Erstens lachte Lisa überhaupt nie jemanden aus. Das war nicht lisamäßig. Außerdem: Sie hatte ja selbst gehört, wie er mit Mirko redete … Und sich darüber gewundert. Oder etwa nicht? Na, eben.

Der direkte Weg zu Lisa führte durch einen Park. Nicht Bens Park mit dem Teich, den Enten und dem Ginko-Baum. Auch war

»Park« fast zu viel gesagt. Es waren eigentlich nur ein paar Kieswege mit spärlichen Büschen und einigen Bänken.

Auf einer sonnigen Bank lag ein Mann, eine Zeitung über dem Gesicht, und schlief. Eine alte Frau führte einen dicken Dackel an der Leine. Eine nicht ganz so alte, stark geschminkte Frau im Nerzmantel trug einen winzigen Hund spazieren. Der kleine Hund hatte seine langen Stirnfransen mit einer blauen Schleife hochgebunden. Die Frau setzte den Winzling auf den Boden, wo er sofort begann mit heftigen Bewegungen seiner kurzen Beinchen Kies hinter sich zu schleudern. Die Frau betrachtete ihn wohlwollend bei dieser Tätigkeit.

Ganz und gar nicht wohlwollend betrachtete Ben ihren Mantel. Lauter kleine Nerze! Ben dachte an die schrecklichen Dinge, die er über Pelztierzucht gelesen hatte. Er überlegte, ob er etwas zu der Frau sagen sollte. Vielleicht hatte sie noch nie drüber nachgedacht. War ja möglich.

Aber dann sah er auf der übernächsten

Parkbank etwas, das seine Aufmerksamkeit erregte.

Da saß jemand, die Ellbogen auf die Knie gestützt. Das Gesicht hinter den Händen fast ganz versteckt. Aber eben nur fast. Unterdrücktes Schluchzen war zu hören.

Das war doch … Ben ging vorsichtig ein paar Schritte näher, um ganz sicher zu sein. Dann war kein Zweifel mehr möglich: Es war Theo.

Er saß auf der Parkbank, das Gesicht in den Händen vergraben und weinte. Neben ihm auf der Parkbank lag die Schultasche. War er zum Mittagessen gar nicht zu Hause gewesen?

Ben stand da und glaubte fast nicht, was er sah. Es passte überhaupt nicht zu dem Bild, das er von Theo hatte.

Ben wusste nicht, was er in dieser Situation tun sollte. Also tat er das Nächstliegende. Nämlich gar nichts. Er machte einfach kehrt und ging auf einem anderen Weg quer durch den Park.

ALS BEN ZU LISAS HAUS KAM, grübelte er noch immer darüber nach, was wohl mit Theo los war. Vielleicht hatte er zur Abwechslung einen Größeren geärgert? Einen, der Judo konnte oder boxen? Ben zuckte mit den Schultern. Er würde es kaum erfahren. Und so besonders wichtig war es ihm auch wieder nicht.

An dem großen schmiedeeisernen Tor stand kein Name. Auch nicht neben der Klingel. Aber Ben wusste, es war das richtige Haus. Er hatte Lisa einmal begleitet.

Das Haus war von einer hohen Mauer umgeben. Ben schaute durch das verschnörkelte Gittertor. Es war nicht viel zu sehen. Eine breite Auffahrt führte zu einem großen hellgelben Haus, das zum größten Teil hinter hohen Bäumen versteckt war.

Es war sehr still. In so einem Garten müssten Hunde herumtoben, dachte Ben. Und auf der Mauer müssten Katzen sitzen. Aber Lisas Mutter war ja allergisch. Wahrscheinlich bekam sie auch von Hundehaaren keine Luft. Vielleicht auch von Kindern. Ben fiel gerade ein, dass es nie Kinderfeste bei Lisa gab.

Ben holte tief Luft und drückte kurz auf die Klingel. Nichts rührte sich. Ben läutete noch einmal. Nach einer Weile knackte es hinter dem Blech mit Löchern.

»Ja bitte?«, sagte eine quäkende Stimme aus der Gegensprechanlage. Ben konnte nicht erkennen, ob es eine männliche oder eine weibliche Stimme war. Er war nur sicher, dass es nicht Lisas Stimme war.

Ben räusperte sich. Es machte ihn nervös, mit einem runden Stück Blech zu reden, in dem Löcher waren. Ohne zu wissen, zu wem die Stimme gehörte. »Hier ist Ben«, sagte er. »Ich möchte zu Lisa.«

»Welcher Ben?«, fragte die Stimme.

»Wir gehen in dieselbe Klasse«, erklärte Ben.

»Tut mir Leid. Lisa ist nicht zu Haus«, sagte die Stimme. »Seid ihr verabredet?«

»Nein«, sagte Ben enttäuscht. »Wird sie lange wegbleiben?«

Ben merkte, dass die Stimme kurz zögerte. »Sie ist bei irgend so einem Selbstverteidigungskurs.«

Axel, dachte Ben und wunderte sich, dass er dabei einen leichten Stich in der Magengegend spürte. Sie ist also doch mit Axel in seinen

Aikido-Kurs gegangen. Na ja, warum auch nicht.

»Dort wird sie dann abgeholt«, fuhr die Stimme fort.

Ben hätte gerne gefragt »Wann?« und »Von wem?«, aber er sagte nur: »Ach so!«, zu den Löchern im Blech.

»Soll ich ihr etwas ausrichten?«, fragte die Stimme.

»Danke, nein«, antwortete Ben. »Auf Wiedersehen.«

»Auf Wiedersehen«, sagte das runde Stück Blech mit den Löchern. Dann knackste es und war still. Ben dachte, dass es komisch war, zu jemandem, den man noch nie gesehen hatte, Auf Wiedersehen zu sagen. Ben stand unschlüssig vor dem Tor, noch immer mit dem Rücken zur Straße. Er überlegte, was er jetzt tun sollte. Auf Lisa warten? Oder wieder nach Hause gehen?

Und genau in diesem Augenblick spürte er, dass er beobachtet wurde.

Eins war Ben klar: In einer solchen Situation durfte man sich nicht auffällig umsehen. Schließlich wollte er herausfinden, zu wem die Blicke gehörten, die er da im Rücken spürte. Fast so stark wie eine körperliche Berührung.

Um Zeit zu gewinnen, kramte er erst einmal in seiner Jackentasche, als würde er etwas suchen.

Dabei drehte er sich langsam um. Dann schaute er auf, wie um zu überlegen, in welche Richtung er gehen sollte. Es war eine eher stille Straße. Auf beiden Seiten standen in größeren Abständen Bäume. Dazwischen waren Autos geparkt.

Ein roter Kombi fuhr langsam in auffallendem Zickzack-Kurs vorüber. Aber ganz offensichtlich nicht, weil der Fahrer sich für Ben interessierte, sondern weil er versuchte eine in Papier verpackte Wurstsemmel auszuwickeln und gleichzeitig zu lenken.

Ein Mann mit Aktenkoffer ging mit raschen Schritten auf der anderen Straßenseite. Auch er sah nicht aus, als hätte er Ben beobachtet.

Nicht weit dahinter galoppierte ein riesiger Hund, der einen kleinen Jungen an der Leine nachzog. So sah es jedenfalls aus. »Langsam, Rambo, langsam!«, rief der Junge, ohne dass sich der Hund im Mindesten drum kümmerte. Dann waren alle drei an der nächsten Straßenecke verschwunden. Nur ein entferntes »Nein, Rambo, nicht!« war noch zu hören.

Die Straße war wieder so still und verlassen wie vorhin.

Ben fragte sich, wieso man Blicke spüren kann. Jedenfalls: Er spürte sie. Schwächer jetzt als vorhin, aber immer noch deutlich genug. Eins hatte Ben in den letzten Tagen gelernt: an das zu glauben, was er spürte.

Während er langsam weiterging, musterte Ben möglichst unauffällig die Häuser auf der anderen Straßenseite. An keinem Fenster bewegte sich ein Vorhang. In keinem der Vorgärten tat jemand so, als wäre er mit Heckenschneiden beschäftigt. An keinem Gartenzaun stand jemand und starrte zu ihm herüber.

Eine Frau mit Kinderwagen kam Ben entgegen. Sie blieb stehen, um einen Teddy aufzuheben, den das liebe Kleine auf den Gehsteig geschleudert hatte. Offenbar nicht zum ersten Mal, denn die Frau sagte vorwurfsvoll: »Hasilein, du sollst den armen Teddy doch nicht immer hinauswerfen!«

Hasilein griff nach dem Teddy, quietschte begeistert und warf ihn wieder aus dem Wagen.

Fast automatisch bückte sich Ben nach dem Teddy. Und als er nach dem angesabberten Plüschgenossen griff, da sah er direkt vor sich das Nummernschild eines Autos.

– 389 GF. Drei mal acht ist nicht neun, Gefährliche Ferbrecher mit einem Rechtschreibfehler.

Langsam richtete sich Ben auf. Die Mutter griff nach dem Teddy und bedankte sich überschwänglich.

Ben wusste, wer in dem Auto sitzen würde.

Trotzdem riskierte er einen möglichst beiläufigen Blick durch die Windschutzscheibe.

Auch diesmal saß Mausauge auf dem Beifahrersitz. Einen Moment lang starrte er Ben unfreundlich an, dann wandte er sich wieder seinem Notizblock zu.

Fettsträhne saß wie letztes Mal hinter dem Lenkrad. Er hatte seine blaue Baseballkappe tief ins Gesicht gezogen und schlief. Oder gab vor zu schlafen.

Langsam ging Ben an dem beigefarbenen Auto mit seinen verdächtigen Insassen vorbei. Er fühlte mehr als dass er sah, wie die hurtigen kleinen Mausaugen ihm mit ihrem Blick folgten. Dem plötzlichen Bedürfnis, sich noch einmal umzudrehen, gab Ben nicht nach.

»Nein, jetzt bekommst du den Teddy nicht mehr!«, hörte Ben aus einiger Entfernung. Hasilein brüllte empört los.

Immerhin: Ohne Hasilein und seinen Teddy hätte er das Auto glatt übersehen. Weil er die Beobachter nicht so nahe vermutet hatte, sondern drüben, auf der anderen Straßenseite.

Während Ben langsam weiterging, überlegte er, was das zu bedeuten hatte. Wurde er von den beiden verfolgt? Beobachteten sie ihn? Waren es vielleicht Leute aus dem UFO, die sehen wollten, was er mit seinen neu erworbenen Fähigkeiten anfing?

Nein, beschloss Ben. Wenn es eine überlegene Intelligenz gab, dann sah sie nicht aus wie Mausauge und Fettsträhne.

Aber warum hatten die beiden vor der Schule gewartet? Und warum standen sie jetzt vor Lisas Haus? Was schrieb Mausauge so emsig in sein Notizheft?

Ben war entschlossen das herauszufinden.

ZUNÄCHST GING ES DARUM, dass die beiden nichts von Bens Interesse an ihnen merken durften. Also bog Ben um die nächste Ecke, ohne stehen zu bleiben. Und ohne sich auch nur ein einziges Mal nach dem beigefarbenen Auto umzudrehen.

Als er außer Sichtweite war, blieb er stehen und versuchte sich zu orientieren. Er überlegte. Doch ja – es musste möglich sein. Er würde in einem großen Bogen um die Häuser und Gärten herumgehen und ungesehen von der anderen Seite zurückkommen.

Dann könnte er die beiden in dem beigefarbenen Auto in Ruhe beobachten. Und vielleicht drauf kommen, was sie hier wollten.

Bens erster Versuch endete an einem Kinderspielplatz. Sackgasse – keine Möglichkeit hier weiterzukommen.

Ben machte kehrt und versuchte es noch einmal.

Er nahm die nächste Abzweigung nach rechts und ging dann noch einmal rechts. Diesmal klappte es. Die kleine Straße mit den gepflegten Häusern und Vorgärten tat genau das, was er von ihr erwartete. Sie führte im rechten Winkel wieder zurück zur Blumenstraße. Ben ging vor bis zur Kreuzung, blieb aber im Schutz einer Gartenmauer. Sehr vorsichtig spähte er hinüber. Bestens. Er überblickte den Eingang zu Lisas Haus und die Parkplätze davor.

Aber da stand kein beigefarbenes Auto mehr. Der Platz, an dem es vorhin geparkt hatte, war leer.

Das hatte Ben nicht erwartet. Ob sie ihm unbemerkt gefolgt waren? Ein unangenehmer Gedanke. Rasch schaute Ben sich um. Eben bog ein Auto in die kleine Straße ein, durch die er gekommen war. Es fuhr auffallend langsam. Die Farbe war im Gegenlicht nicht gut zu erkennen. Aber es sah verdächtig beige aus.

Ben drückte sich in den Hauseingang und überlegte, ob er davonlaufen sollte. Und wenn ja, in welche Richtung. Weit und breit war niemand zu sehen. Es war wirklich eine sehr stille Gegend.

Das Auto fuhr auf ihn zu.

Ben wäre froh gewesen, wenn Hasilein samt Mutter zurückgekommen wäre. Oder Rambo, der Hund mit dem kleinen Jungen an der Leine.

Aber da war weit und breit niemand.

Das Auto kam näher.

Ben hob eine Hand zu den Klingelknöpfen neben dem Tor, unter dem er stand. Irgendwer würde schon zu Hause sein. Das hoffte er wenigstens. Wieder fühlte er die schon vertraute Wärme an seiner Stirn. Mit einem Mal war auch die unbestimmte Angst weg. Seine Gedanken wurden wieder klar.

Die beiden würden ihn schon nicht entführen! Entführt wurden nur Kinder reicher Eltern. Und Ben wusste, seine Eltern hätten auch beim allerbesten Willen kein Lösegeld für ihn zahlen können.

Wie kam er eigentlich auf Entführung?

Das Auto fuhr sehr langsam an ihm vorüber. Es war nicht beige, sondern silberfarben. Am Steuer saß eine Frau, die immer wieder zu den Hauseingängen schaute. Offensichtlich suchte sie eine bestimmte Adresse.

Ben atmete auf.

Aber nur für einen Augenblick. Denn dann war ihm plötzlich klar, wem in Wirklichkeit Gefahr drohte.

BEN SPÜRTE DIE GLEICHE GEWISSHEIT wie vorhin. Da hatte er *gewusst*, dass er beobachtet wurde.

Und jetzt *wusste* er mit gleicher Sicherheit, dass die Gefahr nicht ihm drohte, sondern Lisa.

Was hatte er gerade vorhin gedacht? Als das Auto immer näher kam? Entführt werden nur Kinder reicher Eltern … Eben!

Lisas Eltern waren reich. Sogar sehr reich. Jeder in der Schule wusste das.

Sahen Mausauge und Fettsträhne wie Entführer aus? Ben wusste nicht, wie Entführer aussahen. Aber ihm war klar, dass die beiden vor der Schule nicht ihn, sondern Lisa beobachtet hatten. Und dass sie nicht ihm zu Lisas Haus gefolgt waren, sondern schon davor gewartet hatten.

Er war für sie einfach nur ein zufälliger Besucher.

Dass Ben ihr Auto schon einmal bemerkt hatte, konnten sie kaum wissen.

Mausauge mit seinem Notizheft wirkte ausgesprochen gewissenhaft. Wahrscheinlich wusste er schon genau, wann die Hausangestellten kamen und gingen. Vermutlich studierte er Lisas Stundenplan. Und notierte ganz genau ihre Gewohnheiten. Wer Lisa begleitete oder besuchte. Wie oft sie von der Schule abgeholt wurde und von wem. Was eben pflichtbewusste Entführer alles wissen mussten, bevor sie einen Plan ausarbeiten konnten.

Der Plan! Waren die beiden knapp davor, ihn auszuführen? Oder hatte Ben noch ausreichend Zeit etwas dagegen zu unternehmen?

Für heute drohte wohl keine Gefahr mehr. »Sie wird dort abgeholt«, hatte die Quäkstimme gesagt.

Ob Lisa inzwischen zurück war? Möglich. Der Weg um die Gärten und Häuser herum hatte ziemlich viel Zeit gebraucht.

Aber Ben wollte nicht noch einmal klingeln.

Besonders einladend hatte die Stimme nicht geklungen.

Ben versuchte seine Gedanken zu ordnen. Er war einigermaßen beunruhigt. Wieder kein Gespräch mit Lisa. Dafür die Idee, dass hier ein Verbrechen geplant wurde. Die entscheidende Frage war, was man dagegen unternehmen konnte. Was hatte er für Beweise? Nicht viel mehr als ein Gefühl.

Ben beschloss das Verhindern der Entführung auf später zu vertagen. Zunächst einmal musste er nach Hause. Sonst bekam er Schwierigkeiten mit seiner Mutter.

Als er auf dem Rückweg durch den kleinen Park ging, fiel ihm die Sache mit Theo wieder ein. Er schaute zu der Parkbank hinüber. Kein Theo. Jetzt saß dort eine ältere Frau und fütterte die Tauben. Ben wunderte sich, wieso man ausgerechnet Tauben für ein Symbol des Friedens halten konnte. Die hier hackten jedenfalls in gierigem Futterneid aufeinander ein. Den anderen was wegzunehmen schien ihnen wichtiger zu sein, als selbst satt zu werden.

Von Theo war nichts zu sehen. Ben überlegte, dass er wahrscheinlich nie erfahren würde, was mit Theo los gewesen war.

Aber darin täuschte er sich.

BEN WACHTE MIT DEM UNBESTIMMTEN GEFÜHL AUF, dass er irgendetwas Dringendes zu erledigen hatte. Etwas Wichtiges, Unaufschiebbares. Im Halbschlaf überlegte er beunruhigt, was es sein könnte. Dann war mit einem Schlag die Erinnerung wieder da. Und Ben hellwach.

Mausauge. Fettsträhne. Das beigefarbene Auto. Lisa.

Was konnte er tun? Ben zog sich rasch an. Solange er im Pyjama war, arbeiteten seine Gedanken immer nur mit halber Geschwindigkeit. Zunächst einmal musste er sichergehen, dass Lisa wirklich beobachtet wurde. Feststellen, ob das Auto mit den beiden wieder auftauchte. Vielleicht jetzt gleich, vor der Schule? Oder am Mittag? Oder am Nachmittag, vor Lisas Haus …

Gefühle waren gut, aber handfeste Beweise waren besser. Er wollte sich nicht lächerlich machen. Ganz besonders nicht vor Lisa. Und wenn er diese Gewissheit hatte? Dann musste zuallererst Lisa gewarnt werden. Ben würde ihr sagen, dass sie beobachtet wurde. Und von wem. Er wusste ja, wie die beiden aussahen. Er kannte sogar die Autonummer. Lisa musste ihren Eltern Bescheid sagen. Und die würden bestimmt sofort die Polizei verständigen.

Es war im Augenblick nicht mehr so wichtig, Lisa von dem Strahl und den nächtlichen Besuchern zu erzählen. Das konnte er irgendwann später tun.

Beim Frühstück hätte Ben eigentlich gern mit seinen Eltern über die ganze Sache geredet. Ben fand, dass beide für Erwachsene ziemlich schlau waren. Und er fühlte sich auf einmal viel zu klein, um allein mit allem klarzukommen.

Aber dann schauten ihn die Zeitungsseiten so kleingedruckt an. Und sein Vater sagte vorwurfsvoll hinter der Zeitung: »Gibt's schon wieder keine Orangenmarmelade?«

Und seine Mutter sagte grimmig zur Zeitung: »Es gibt Erdbeer, Apfel-Kiwi und Aprikose, mein Herr und Gebieter! Ich dachte, das wäre genug Auswahl!«

Und Bens Vater sagte hinter der Zeitung: »Man wird ja wohl noch fragen dürfen.«

Und Bens Mutter sagte nichts mehr.

Und Ben war die Lust vergangen etwas zu erzählen.

ALSO GING BEN LOS, ohne etwas erzählt zu haben.

In der Nähe der Schule begann er auf die Autos zu achten, die da geparkt waren. Nur eines davon war beigefarben. Aber es war ein anderes Modell mit einem anderen Kennzeichen. Ben blieb vor dem Schultor, bis er die Glocke hörte. Autos kamen, hielten vor dem Schultor, Kinder stiegen aus.

Einige geparkte Autos fuhren weg, andere kamen und stellten sich auf die frei gewordenen Parkplätze. Aber das gewisse beigefarbene war nicht dabei. Na ja, entweder war Mausauge Langschläfer oder er hatte inzwischen gecheckt, wann die Schule anfing.

Als Ben die Stufen zu seiner Klasse hinaufstieg, bekam er plötzlich Angst. Und wenn er zu spät kam? Wenn Lisa noch gestern Abend entführt worden war? Oder an diesem Morgen, auf dem Weg zur Schule? Die restlichen Stufen rannte Ben hinauf. Er riss die Klassentür auf und schaute zu Lisas Platz.

Der Platz war leer.

Aber dann sah Ben die rötliche Lockenmähne ganz hinten in der Klasse, wo Tobias saß.

Ben atmete erleichtert auf.

Lisa legte eben eine Reihe von Gegenständen vor den verdutzten Tobias auf den Tisch. Ben ging neugierig näher und sah, was es war. Eine Gummimaus, Kamm, Fellbürste, Vitamintabletten und ein Spezialfutter für Katzenkinder. Lisa nahm ihre Aufgabe als Patentante für den Findelkater sichtlich ernst.

Absolut lisamäßig, dachte Ben. Und er spürte es so deutlich wie nie zuvor: Lisa durfte nichts passieren.

Erst in der nächsten Pause bemerkte Ben, was mit Theo los war. Und auch da nur, weil Armin plötzlich laut sagte: »Hej, Theo, wer hat denn dir durch die Blume gesagt, dass er dich nicht leiden kann?«

Ben sah, dass Theo ein geschwollenes, blau verfärbtes Auge hatte. Ein so genanntes Veilchen.

»Nichts zu machen gewesen«, sagte Theo leichthin. »Drei gegen einen. Aber die drei, die schaun noch ganz anders aus. Die hättet ihr erst sehen sollen.«

Ben dachte daran, wie Theo heulend auf der Parkbank gesessen hatte. Und er hatte seine Zweifel an Theos Überlegenheit. Aber er sagte nichts.

Für die anderen in der Klasse war mit Theos Antwort die Sache abgetan. Theo war nicht so beliebt, dass sich irgendwer näher erkundigt hätte.

Während der Unterrichtsstunden versteckte Theo sein Auge hinter seiner aufgestützten Hand. Erfolgreich, wie es schien. Keiner der Lehrer fragte.

Auch dieser Vormittag verging, ohne dass Ben Gelegenheit gehabt hätte mit Lisa allein zu reden.

Ben fragte sich, ob Lisa eigentlich wusste, dass er am Vortag bei ihr geläutet hatte. Sie erwähnte es jedenfalls mit keinem Wort. Und Ben wollte vor den anderen nicht darüber reden.

Auch nach der Schule war von dem verdächtigen Auto und seinen Insassen keine Spur zu entdecken.

Ben war nicht sicher, ob er enttäuscht oder erleichtert sein sollte. War doch alles nur ein Zufall? Oder lag es an seiner lebhaften Phantasie, wie seine Mutter immer behauptete?

Waren Mausauge und Fettsträhne vielleicht harmlose Vertreter, die von Tür zu Tür gingen und irgendetwas verkaufen wollten? Erst vor kurzem hatte jemand Bens Mutter ein sensationelles Mittel zur Teppichreinigung verkaufen wollen. Dass es in der ganzen Wohnung keinen Teppich gab, hatte den Vertreter zwar etwas aus dem Konzept gebracht. Aber nur für einen kurzen Augenblick. Dann hatte er dasselbe Mittel zur fasertiefen Reinigung von Polstermöbeln angepriesen.

So etwas war den beiden auch zuzutrauen.

Hatten sie vor der Schule gehalten, weil gerade ein Parkplatz frei war? Um die Verkäufe des Vormittags zusammenzuzählen? Daher das Notizheft?

Hatten sie vor Lisas Haus überlegt, ob man sie überhaupt einlassen würde? Waren sie von der Quäkstimme weggeschickt worden und daher weitergefahren?

Möglich war das natürlich alles. Wenn auch nicht wahrscheinlich. Und dann blieb da noch immer dieses Gefühl. Dieses sichere Gefühl, dass die beiden etwas Übles vorhatten. Und dass Lisa in Gefahr war. Wo war Lisa eigentlich? Ben hatte sie bei seiner Suche nach dem beigefarbenen Auto aus den Augen verloren.

Dann sah er das dunkle große Protzomobil wegfahren. Gut so. Damit war Lisa für den Augenblick in Sicherheit.

Und am Nachmittag, sofort nach dem Mittagessen, würde er damit beginnen, Lisas Haus zu überwachen.

Es sollte ein Unternehmen mit Hindernissen werden.

ES WAR ALLES NICHT SO EINFACH, wie Ben gedacht hatte. Seine Mutter wollte plötzlich unbedingt herausfinden, wieso Ben so viel über Topfpflanzen wusste. Der Zustand der Pflanzen hatte sich bereits auffallend gebessert. Bens Mutter war äußerst hartnäckig mit ihren Fragen.

Ben murmelte etwas von einer Zeitschrift, die er gelesen hatte. Sehr glaubhaft klang diese Erklärung nicht, das merkte er selber. Und dann wollte seine Mutter dringend Kusine Lotte besuchen. Gemeinsam mit Ben, selbstverständlich. Unter gar keinen Umständen allein. Kusine Lotte würde zu enttäuscht sein.

Nur mit Mühe gelang es Ben, Kusine Lotte auf nächste Woche zu verschieben. Dann musste er auch noch unauffällig das Fernglas seines Vaters suchen. Auch das kostete Zeit.

Und Lisas Telefonnummer wollte er sich aufschreiben. Vielleicht würde er sie brauchen.

Als Ben schließlich aufbrach, war es viel später, als er geplant hatte. Wie schon am Vortag ging Ben auf dem Weg zu Lisa durch den kleinen Park. Diesmal hatte er es eilig und hätte daher fast Theo übersehen, der wieder auf derselben Parkbank saß. Er hatte neben sich Schulhefte und Bücher liegen. In ein Heft, das auf seinen Knien lag, schrieb er eifrig. Offensichtlich machte er seine Aufgaben hier im Park.

Genau in dem Augenblick, als Ben ihn entdeckte, schaute auch Theo auf. Er schien wenig begeistert Ben hier zu treffen. »Na und!«, sagte er gewohnt unfreundlich. »Noch nie ein Freiluftbüro gesehen?«

Ben antwortete nicht. Eigentlich wollte er weitergehen. Genau genommen ging es ihn nichts an, warum Theo ein blaues Auge hatte. Und warum er seine Aufgaben auf einer Parkbank machte. Aber da war wieder so ein Gefühl. Und Ben blieb stehen.

»Du störst«, sagte Theo, eifrig schreibend. Es war die Rechenaufgabe, wie Ben feststellte.

»Ich hab dich gestern da gesehen«, sagte Ben.

Theo hob den Kopf mit einem Ruck. Er machte den Mund auf, als wollte er etwas sagen. Dann machte er den Mund wieder zu und sagte doch nichts. Er schaute auf den Boden und zeichnete mit der Schuhspitze ein Muster in den Kies.

Ben wartete stumm.

Theo befühlte vorsichtig die Schwellung an seinem Auge. »Er ist erst so geworden«, Theos Stimme klang jetzt ganz anders als sonst, »seit er seinen Job verloren hat.«

»Wer?«, fragte Ben.

»Mein Vater«, sagte Theo.

»Das … das war dein Vater?«, fragte Ben entsetzt.

»Es nervt ihn, zu Hause zu sitzen«, sagte Theo. »Dann trinkt er. Und wenn er trinkt, dann nervt ihn alles.«

Ben nickte. Obwohl er sich seinen eigenen Vater beim besten Willen nicht so vorstellen konnte.

»Er sagt, die Ausländer nehmen uns die Arbeit weg«, fuhr Theo fort.

Ben dachte nach. »Ich glaube, wenn was schief läuft, sucht man immer wen, der schuld ist«, sagte er schließlich.

»Schon möglich. Ich weiß gar nicht, wieso ich dir das alles sag.« Theo klang ehrlich verwundert.

Aber ich weiß es, dachte Ben. Und dann sagte Ben etwas, das er bestimmt nicht hatte sagen wollen. »Du kannst ja bei mir Aufgaben machen, wenn's zu Hause Ärger gibt.«

»Echt?«, fragte Theo verblüfft.

Ben nickte. »Ja, klar! Jederzeit.« Ihm war unbehaglich zumute. Wollte er wirklich, dass Theo zu ihm kam? »Nur heut hab ich schon was vor«, fügte er schnell hinzu. Ihm war wieder eingefallen, dass er es ja eigentlich eilig hatte.

Was Ben nicht wusste, war, dass er noch an diesem Nachmittag eine schwierige Entscheidung zu treffen hatte.

DIESMAL NAHM BEN nicht den direkten Weg zu Lisas Haus. Er machte gleich den großen Bogen um die Häuser und Gärten.

Wieder ging er durch die kleine Straße bis zu der Ecke, von der aus er Lisas Haus beobachten konnte.

Wieder benutzte er den Pfeiler der Gartenmauer als Deckung. Er hatte einen guten Blick auf Lisas Haus und auf ein großes Stück der Straße davor.

Es parkten nicht allzu viele Autos in der Straße. Ben sah sofort, dass kein beigefarbenes dabei war. Was jetzt? Warten? Vielleicht doch noch bei Lisa klingeln? Seltsamerweise hatte er keine große Lust mehr die Geschichte von seiner nächtlichen Begegnung zu erzählen. Nicht einmal Lisa.

Das Motorengeräusch, das sich näherte, beunruhigte Ben nicht besonders. Trotzdem drückte er sich in die Einfahrt, vor der er stand. Er wollte möglichst nicht auffallen. Niemandem. Als das Auto an Ben vorbeifuhr, sah er, dass es beige war. Mehr sah er nicht. Da war es auch schon vorüber.

Ben wagte sich erst nach einer Weile wieder aus seinem Versteck. Vorsichtig schaute er um die Ecke und zog den Kopf schnell wieder zurück. Das Auto stand nur wenige Meter vor ihm. Schräg gegenüber von Lisas Haus. Immerhin hatte er durch die Heckscheibe sehen können, dass zwei Männer in dem Auto saßen. Und beim nächsten schnellen Blick konnte er auch das Nummernschild lesen. Ben hielt unwillkürlich den Atem an. Bingo!

»Drei mal acht ist nicht neun, Gefährliche Ferbrecher mit einem Rechtschreibfehler«, murmelte er.

Diesmal war kein Irrtum mehr möglich. Und ein Phantasiegebilde war das Auto bestimmt auch nicht.

Ben musste entscheiden, was er tun sollte.

Er entschloss sich bei Lisa anzurufen.

Zunächst kramte er eine Weile in seiner Tasche nach dem Zettel mit Lisas Telefonnummer.

Dann versuchte er sich zu erinnern, wo er eine Telefonzelle gesehen hatte. Eine war ganz in der Nähe, weiter vorn in Lisas Straße. Die kam nicht in Frage. Sie stand genau im Blickfeld der beiden.

Aber er hatte doch noch irgendwo ein altes

Münztelefon gesehen! Wo war das nur? Richtig! Drüben bei dem Kinderspielplatz.

Ben suchte eine Weile nach Münzen. Er wählte Lisas Nummer. Das Freizeichen war zu hören. Siebenmal, achtmal, neunmal. Niemand meldete sich. Ben probierte es noch einmal. Vielleicht hatte er eine falsche Nummer gewählt. Er ließ es noch länger klingeln als beim ersten Mal. Niemand hob ab.

Was jetzt? Warten, bis irgendwer nach Hause kam? Die beiden im Auto würden wohl kaum versuchen Lisa mitten am Nachmittag direkt vor ihrem Haus zu entführen.

Dann fiel Ben etwas Fürchterliches ein.

Zum ersten Mal kam Ben die Idee, dass die beiden vielleicht nicht allein waren. Vielleicht war da noch ein Dritter. Wurde über Handy informiert, was hier bei Lisas Haus los war. Und lauerte eben jetzt irgendwo auf Lisa. Noch einmal wählte Ben Lisas Nummer. Kommt schon Leute, dachte er. Geht doch endlich zum Telefon. Da muss es doch Dienstmädchen geben, Haushälterinnen, Gärtner, den Chauffeur …

Aber die einzige Antwort war das monotone Freizeichen. Ben hängte den Hörer auf.

Die Polizei. Er musste zur Polizei gehen. Die waren für so was zuständig.

Ben war schon einmal auf der Polizeiwache in der Nähe seines Wohnhauses gewesen. Damals hatte er im Park einen herumirrenden

Hund gefunden. Einen Hund mit vielen Kummerfalten im Gesicht und einem komischen aufgedrehten Schwanz.

Die Polizisten waren sehr nett gewesen. Einer hatte ihn sogar später zu Hause angerufen. Und ihm gesagt, dass der Hund namens »Ginger« inzwischen wieder bei seiner Besitzerin war. Und dass Ben Finderlohn verlangen könne. Weil so ein Hund sehr viel Geld kostete. Die Falten waren nämlich keine Kummerfalten, sondern ein Rassemerkmal. Aber Ben war der Meinung, Finderlohn gehörte sich nur fürs Sachenfinden.

Und ein Hund war keine Sache.

Ben hoffte, es würde wieder der nette Polizist Dienst haben, den er schon kannte.

Aber es war ein anderer, der da fragend aufschaute, als Ben in das Wachzimmer kam. Er hatte einen kurz gestutzten schwarzen Schnurrbart, an dem er immer wieder zupfte.

»Ich möchte eine geplante Entführung melden«, sagte Ben. Und wartete auf die Reaktion. So etwas wie Überraschung, Staunen, vielleicht auch Ungläubigkeit.

Aber der Schnurrbart lächelte nur gütig. »Wie alt bist du?«, wollte er wissen.

»Elf«, sagte Ben. »Eigentlich erst zehndreiviertel«, korrigierte er sich selbst. Vielleicht war es wichtig, bei der Polizei ganz genau zu sein.

Ben erzählte die ganze Geschichte. Von dem Auto, das er zum ersten Mal vor der Schule gesehen hatte. Und dann zwei Mal vor Lisas Haus. Er beschrieb Mausauge, der ständig etwas in sein Notizheft schrieb. Und Fettsträhne, der immer am Steuer saß.

»Diese Lisa«, sagte der Schnurrbart, »die ist doch sicher das netteste Mädchen in der ganzen Klasse?«

Ben wusste zwar nicht, was das mit der Entführung zu tun haben sollte, aber er nickte.

Wieder lächelte der Schnurrbart verständnisvoll und zeichnete etwas auf das weiße Blatt Papier, das vor ihm lag. Soviel Ben erkennen konnte, waren es Herzen. Ein merkwürdiger Polizist war das.

»Schreiben Sie sich denn die Autonummer nicht auf?«, fragte Ben. »Und Lisas Adresse?«

»Oh ja – natürlich«, sagte der Schnurrbart und begann schmunzelnd zu schreiben. Auch Bens Namen und Adresse notierte er.

»Sie unternehmen doch etwas? Gleich?«, fragte Ben.

»Aber klar doch. Wir schicken sofort jemanden vorbei.« Der Schnurrbart nickte freundlich. »Du brauchst dir überhaupt keine Sorgen zu machen.«

Ben wartete darauf, dass er zu telefonieren

begann. Aber er setzte sich an seinen Schreibtisch und legte die Notizen auf einen Stapel anderer Blätter.

»Du kannst ganz beruhigt nach Hause gehen«, fügte er hinzu, als er merkte, dass Ben noch immer abwartend dastand. Es klang deutlich nach einer Verabschiedung.

Ben blieb nichts anderes übrig, als zu gehen.

Als er hinausging, kam eben mit raschen Schritten eine ziemlich verwahrloste junge Frau ins Wachzimmer. Ben bemerkte sie kaum. Er war mit der Frage beschäftigt, ob der Polizist wohl wirklich etwas unternehmen würde.

DIE VERWAHRLOSTE JUNGE FRAU wollte an dem Polizisten vorbei zu der Tür im Hintergrund gehen.

»Moment mal!«, sagte der Polizist und stellte sich ihr in den Weg. Dann grinste er breit. »Oh – die Frau Kommissar. Fast nicht zu erkennen in der Verkleidung. Verdeckte Ermittlung in der Drogenszene?«

»Sehr scharfsinnig«, antwortete sie ironisch.

»Hätte ja auch sein können, dass Ihre Waschmaschine zu Hause nicht funktioniert«, sagte er, noch immer grinsend. »Oder die Dusche.«

»Haha«, antwortete sie. »Wer war denn das?« Sie deutete zur Tür, durch die Ben hinausgegangen war.

»Ein junger Held«, sagte der Polizist. »Er will seine kleine Freundin retten. Angeblich soll sie entführt werden. Sogar die Autonummer der zukünftigen Entführer kennt er.« Er ging zurück zu seinem Schreibtisch und tippte mit einem Finger auf das Papier mit den Notizen zu Bens Erzählung. »Also eine Phantasie hat der …«

»Sie glauben ihm nicht?«, fragte die Kommissarin.

»Natürlich nicht. Was glauben Sie, wie oft ich in seinem Alter das netteste Mädchen in der Klasse retten wollte!«

»Aha«, sagte sie. »Männliches Einfühlungsvermögen.«

»So was soll's geben«, antwortet er.

»Wie heißt denn das Mädchen?«, fragte die Kommissarin. »Haben Sie den Namen?«

Der Polizist nahm das Papier, das obenauf lag, zur Hand. Er überflog ein paar Zeilen, dann las er Lisas Namen laut.

Die Kommissarin, die schon an der Tür war, blieb abrupt stehen. »Noch einmal«, sagte sie in scharfem Ton.

Der Polizist wiederholte verwundert Lisas Namen.

»Und dazu fällt Ihnen nichts ein?«, fragte sie.

Er dachte nach und schüttelte dann ratlos den Kopf.

»Denen gehört das größte Kaufhaus in der Stadt«, sagte sie. »Unter anderem. Haben Sie die Adresse des Jungen?«

Der Polizist nickte. Er zupfte an seinem Schnurrbart. Seine zur Schau getragene Selbstsicherheit war verschwunden.

»Gut. Stellen Sie fest, wem das Auto gehört. Ich geh mich umziehen. So glaubt mir keiner die Polizistin.« Sie verschwand durch die Tür im Hintergrund.

Daran ändert das Umziehen auch nichts, dachte der schnurrbärtige Polizist verärgert. Er hielt nichts von Frauen bei der Polizei. Schon gar nicht, wenn sie seine Vorgesetzten waren. Er griff nach dem Hörer, um festzustellen, auf wen das Auto mit der Nummer – 389 GF angemeldet war.

»Mietwagen«, sagte er knapp, als die Kommissarin wieder zurückkam. Diesmal in Jeans und einer dunkelblauen Jacke.

»Hab ich mir fast gedacht«, nickte sie und griff nach dem Zettel mit Bens Adresse.

»Man kann doch nicht jedem glauben, der mit so einer Geschichte hereinschneit«, sagte der Polizist.

»Nein«, antwortete sie lächelnd. »Nicht jedem. Nur denen, die mit einer wahren Geschichte kommen.«

»Und woher wollen Sie wissen, dass seine Geschichte wahr ist?«, fragte der Schnurrbart ärgerlich.

»Sie werden's nicht glauben«, sagte sie. »Man nennt es weibliches Einfühlungsvermögen.«

Ben überlegte immer wieder, ob er alles getan hatte, was möglich war. Irgendwie wurde er den Verdacht nicht los, dass der Polizist mit dem schwarzen Schnurrbart ihn nicht ernst genommen hatte. Zu viel freundliche Bereitschaft. Viel zu gütig der Ton, in dem er gesagt hatte: »Aber klar doch. Wir schicken sofort jemanden vorbei.«

Und zu wenig konkrete Fragen.

Ben ging zum Telefon und versuchte es noch einmal mit Lisas Telefonnummer. Noch immer niemand. Er kritzelte weiter auf dem Block, der vor ihm lag, und sah, dass er schon eine ganze Seite voll geschrieben hatte. Ohne es wirklich zu merken, hatte er immer wieder dasselbe geschrieben: – 389 GF.

Es läutete an der Tür. Ben hörte Stimmen. Dann kam seine Mutter ins Zimmer. Sie hatte rote Flecken im Gesicht, wie immer, wenn sie aufgeregt war. »Da ist wer von der Polizei. Für dich. Weißt du, was die wollen?«

Ben wusste es. Endlich, dachte er. Der Schnurrbart hat also doch was unternommen.

Ben war enttäuscht, als er sah, wer da im Wohnzimmer auf ihn wartete. Die Kommissare im Fernsehen sahen alle ganz anders aus. Er hatte jemanden im zerknautschten Regenmantel erwartet. Oder einen Draufgängertyp mit Schäferhund. Aber die Frau, die da saß, hatte weder einen Regenmantel noch einen Hund. Sie sah aus, als könnte sie genauso gut Turnlehrerin sein. Oder Bankangestellte. Allerdings gefiel Ben, dass ihre Haare rotblond waren. Und dass sie eine Menge Sommersprossen im Gesicht hatte. Ein bisschen sah sie aus wie Lisa. Nur hundert Jahre älter. Oder zwanzig, korrigierte Ben sich selbst. Für ihn machte das allerdings keinen großen Unterschied.

Wie Ben schnell merkte, stellte die sommersprossige Frau genau die richtigen Fragen. Knapp und sachlich.

Dann sprach sie in ihr Handy. In einem Tonfall, der Ben außerordentlich beruhigte. Das klang, als würde wirklich etwas geschehen. Und zwar sofort.

»Ja, vorläufig nur beobachten. Ich komm nach«, sagte sie abschließend.

»Aber Ben, das bildest du dir doch bestimmt nur alles ein«, sagte Bens Mutter, die ungläubig zugehört hatte.

»Ich glaube nicht«, sagte die Kommissarin. »Nach der Beschreibung hab ich die beiden von irgendwoher in Erinnerung. Und nicht in bester.«

»Es könnten noch andere beteiligt sein, die ich nicht gesehen hab«, gab Ben zu bedenken.

»Klar«, nickte die Kommissarin. »Daran hab ich auch schon gedacht. Wir haben Lisas Eltern inzwischen erreicht. Die sind informiert. Und wir wissen, wo Lisa ist. Sie besucht gerade wen in der Gartengasse.«

»Tobias und seinen Kater«, sagte Ben. Er fühlte wieder den Stich in der Magengegend.

»Unsere Leute beobachten das Haus«, sagte die sommersprossige Kommissarin.

»Aber Ben, bist du denn ganz sicher, dass du nicht …« Bens Mutter ließ den Satz unvollendet.

»Ganz sicher kann man immer erst sein, wenn's passiert ist«, sagte die Kommissarin. »Und dann ist es zu spät.« Ihr Handy läutete.

Sie drückte auf eine Taste und meldete sich mit einem knappen »Ja?«. Eine Stimme sprudelte los. Die Kommissarin hörte zu. Ihr Gesichtsausdruck veränderte sich. »Wo? Aber wie ist das möglich?«, fragte sie ärgerlich. »Okay – ihr meldet euch wieder.« Die Kommissarin beendete das Gespräch.

»Was ist?«, fragte Ben besorgt.

»Sie haben sie verloren«, sagte die Kommissarin sehr ernst. »Angeblich ist Lisa wie vom Erdboden verschluckt.«

ALSO DOCH ZU SPÄT, dachte Ben. Lisa war vor den Augen zweier Polizisten entführt worden.

Die Kommissarin wiederholte, was der Beamte am Telefon gesagt hatte.

Lisa war aus dem Haus gekommen, das sie beobachteten. Dunkelblaue Jacke. Rotblonde Locken. Gar kein Problem sie im Auge zu behalten.

Sie hatte offensichtlich überlegt, ob sie den Bus nehmen sollte. War dann aber zu Fuß weitergegangen. Ohne jede Eile. Hatte immer wieder Schaufenster betrachtet. Dann – eine Gruppe von Touristen, die ganz kurz die Sicht auf Lisa verstellte. Und genau in dem Augenblick war sie verschwunden.

»Was geschieht jetzt?«, fragte Ben.

Das Telefon im Vorzimmer läutete. Bens

Mutter ging hinaus. Sie kam sofort wieder zurück. »Für dich«, sagte sie zu Ben.

Ausgerechnet jetzt, dachte Ben. Immer läutet das Telefon, wenn man's am wenigstens brauchen kann.

Er dachte anders, als er die Stimme im Hörer erkannte.

Es war Lisa.

»Hör zu, Ben«, sagte Lisa hastig. »Ich bin da in der Telefonzelle. Gleich bei dir in der Nähe. Ich hab das Gefühl, mich verfolgt jemand. Zum Glück hab ich die dunkelblaue Jacke an, du weißt schon, die mit den hellgrünen Bären innen. Ich bin mit ein paar Leuten in ein Geschäft hinein, hab die Jacke verkehrt rum angezogen und die Kapuze aufgesetzt. Aber ich weiß nicht, ob ich jetzt ...«

Ben unterbrach sie. »Ich glaub, du hast gerade zwei Polizisten abgehängt.«

Das ist wieder einmal lisamäßig, dachte er.

»Polizisten«?, fragte Lisa. »Warum verfolgen mich Polizisten?«

»Das ist eine lange Geschichte«, sagte Ben. »Bleib mal dran.«

Die Kommissarin stand schon neben ihm.
»Es ist Lisa!«, sagte Ben zu ihr. »Sie hat die hellgrünen Bären nach außen gedreht.«

»Sie hat was?« Die Kommissarin griff nach dem Hörer. Zum ersten Mal wirkte sie verwirrt.

Ben war sehr zufrieden. Lisa geht mit Axel in den Aikido-Kurs, dachte er. Sie besucht Tobias und seinen Kater. Sie isst Piets Zimtschnecken. Aber sie ruft mich an, wenn sie wen braucht.

»Bleib in der Telefonzelle, wir holen dich«, sagte die Kommissarin zu Lisa.

Als Ben am nächsten Tag in seine Klasse kam, hatte er im ersten Moment das Gefühl, als wären die letzten Tage nur ein Traum gewesen.

Jakob schrieb noch schnell eine Hausaufgabe ab.

Piet warf bunte Spinnen aus Glibbermasse an die Tafel.

Tobias hielt sich beide Ohren zu und las in seinem Comicheft.

Armin war völlig in sein Gameboyspiel vertieft. »Piep«, machte es. »Piep-piep-piep.«

Lisa hörte Axel zu, der eifrig auf sie einredete.

Aber dann kam Theo auf Ben zu und bot ihm einen Kaugummi an.

Oliver sagte nervös: »Ich glaub, ich komm in Englisch dran. Probierst du es wieder?«

Und Lisa sagte gleich in der ersten Pause zu ihm: »Meine Eltern wollen dich kennen lernen. Kannst du heute zu mir kommen? Um drei?«

So kam es, dass Ben an diesem Nachmittag schon wieder auf dem Weg zu Lisas Haus war.

Es war wieder die Quäkstimme, die nach seinem Namen fragte. Nur quäkte sie diesmal sehr freundlich: »Ben – ah ja – ich weiß schon Bescheid.«

Das Tor öffnete sich mit einem Summton und Ben ging über den Kiesweg zum Haus. Dort erwartete ihn Lisa. Und die Frau, zu der die Quäkstimme gehörte. In Wirklichkeit klang sie aber ganz normal. Es war Frau Hollerer, die Haushälterin, die von Lisa Frau Holle genannt wurde.

In einem riesigen Wohnzimmer kam ihm Lisas Mutter entgegen.

Ben fragte sich, ob sie immer so blass und besorgt aussah, oder nur wegen der ganzen Aufregung. Lisas Vater sah mit seinen grauen

Haaren viel älter aus als die meisten Väter, die Ben kannte.

Die sommersprossige Kommissarin war auch da. »Wir haben die beiden festgenommen«, sagte sie. Die Namen, die sie nannte, vergaß Ben sofort wieder. »Mausauge und Fettsträhne« war auf jeden Fall passender. »Aber wir müssen sie wieder freilassen. Die Beweise reichen nicht aus«, fuhr die Kommissarin fort.

»Und das Notizheft?«, fragte Ben.

»Haben wir sichergestellt«, sagte die Kommissarin. »Eine Liste von Ziffern und Abkürzungen. Manches stimmt eindeutig mit Lisas Stundenplan überein. Aber auch das genügt nicht als Beweis.«

Frau Holle brachte Kuchen und Limonade. Lisas Eltern überlegten, was sie in Zukunft für Lisas Sicherheit tun könnten.

Lisa sagte: »Ich mach doch jetzt einen Kurs in Selbstverteidigung.« Und die Kommissarin meinte dazu: »Das kann nie schaden.« Dann stand sie auf, um sich zu verabschieden.

Ben ging mit ihr. Er fühlte sich unbehaglich

in dem großen Wohnzimmer mit Lisas Eltern. Es war ihm plötzlich klar, warum bei Lisa nie Kinderfeste stattfanden. Sie passten nicht hierher.

Die Kommissarin brachte Ben mit dem Auto nach Hause. Zu Bens Enttäuschung war es kein Polizeiauto mit Blaulicht und Sirene.

»Ich bin sicher, dass sie es vorhatten«, sagte die Kommissarin, nachdem sie einige Minuten schweigend gefahren war.

»Ich auch«, sagte Ben. »Aber die Hauptsache ist doch, dass Lisa nichts passiert ist. Und noch einmal probieren sie es bestimmt nicht.«

»Stimmt«, lächelte die Kommissarin. »Aber der Polizistin in mir gefällt es nicht, dass die Bösewichte so einfach davonkommen.«

»Im Fernsehen ist es immer ganz anders«, nickte Ben.

»Vielleicht leg ich mir eines Tages noch einen zerknautschten Regenmantel zu. Oder einen Hund«, sagte die Kommissarin lachend. Und Ben dachte daran, wie enttäuscht er anfangs gewesen war. Mittlerweile fand er sie ziemlich gut.

»Bleibt eigentlich nur mehr eine Frage offen«, sagte die Kommissarin dann vor Bens Haus. »Wieso sind dir damals vor der Schule ausgerechnet die beiden aufgefallen?«

Ben stellte fest, dass sie grüne Punkte im Grau ihrer Augen hatte. Und dass sie wirklich so aussah, als könnte man ihr vertrauen. Er wusste: Wenn er jemandem von seiner nächtlichen Begegnung und dem blauen Strahl erzählen wollte – dann war das der Augenblick. Ben zögerte, aber nur kurz. Dann ent-

schied er, dass es sein Geheimnis bleiben sollte. Vorläufig wenigstens. Und er antwortete ausgerechnet mit dem Wort, von dem er am wenigsten hielt.

»Zufall«, sagte Ben.

EDITH SCHREIBER-WICKE schreibt Geschichten über Phantasie-Wesen, andere Wirklichkeiten und alles, was man nicht erklären kann. Nur Geschichten über sich selbst schreibt die gebürtige Österreicherin nicht so gern, darum nur ganz kurz: Sie hat zwei Töchter, zwei Katzen, einen Ehemann und wohnt abwechselnd in Wien und Grundlsee.

Die Deutsche Bibliothek – CIP-Einheitsaufnahme

Schreiber-Wicke, Edith:
Bens Geheimnis / Edith Schreiber-Wicke. –
Stuttgart; Wien; Bern: Thienemann, 1997
(Thienemanns Fliegender Teppich)
ISBN 3 522 17128 4

Dieses Buch wurde nach den Regeln
der Rechtschreibreform gesetzt.

Reihengestaltung: Daniela Kulot-Frisch
Einband- und Innenillustrationen: Carola Holland
Umschlagtypografie: Michael Kimmerle
Schrift: Stempel Garamond
Satz: KCS GmbH in Buchholz
Reproduktionen: Die Repro in Tamm
Druck und Bindung: Friedrich Pustet in Regensburg

6 5 4 3 2 1 97 98 99 00

Angelika Böckelmann
Sonnenblumen-zaubermaler
128 Seiten
mit vielen Illustrationen
ISBN 3 522 17144 6

Als Marietta von der schnellsten Putzfrau der Stadt einen Zaubermalkasten geschenkt bekommt, geschehen wundersame Dinge. Was sie nämlich mit diesen Farben malt, wird lebendig. Marietta muss nur das Zeichenblatt schütteln und dazu ein Quatschwort erfinden.

THIENEMANNS FLIEGENDER TEPPICH

Joachim Friedrich
Die Insel im steinernen Fluss
128 Seiten
mit vielen Illustrationen
ISBN 3 522 17156 X

Der tollpatschige Hubert Has träumt von der großen weiten Welt. Seine Geschwister aber lachen ihn nur aus, weil Hubert immer über seine großen Füße stolpert. Eines Tages beschließt Hubert das Leben jenseits des steinernen Flusses zu erkunden ...

THIENEMANNS FLIEGENDER TEPPICH